新潮文庫

幽《かくり》世《よ》の薬剤師4

紺野天龍著

新潮社版

11792

目次

登場人物紹介

空《う》洞《ろ》淵《ぶち》霧《きり》瑚《こ》

大学病院の漢方診療科で働く薬剤師。
現代医療における漢方のあり方に悩んでいたが、
ある日、白銀の髪の少女と出会い、「幽世」へと迷い込む。
そこで流行する「病」を前に、自分のできることを模索し始めるが……。
代々、漢方を家業としてきた一族の出身で、祖父や父も漢方家だった。

御巫《みかなぎ》綺《き》翠《すい》

幽世の巫女。怪異を祓う能力を有し、
同種の役割を担う人間の中でもその力は極めて強い。
一見、冷たい印象を与えるが、
感情表現が苦手なだけで、実は優しい心根の持ち主。
妹と二人で暮らしている。祖先は金糸雀とともに
「現世(現実世界)」と「幽世」の分離に関わった。

幽世《かくりよ》の薬剤師

PARALLEL UNIVERSE
CHEMIST

4

プロローグ

「あぁ……消える……」

男がそう呟《つぶや》いた刹那《せつな》、両脇《わき》に置かれていた行灯《あんどん》の火が一瞬揺らめいて、ふっと消えた。

薄暗闇《うすくらやみ》の中で、男の影が倒れ込む。

しんと静まり返る場内。

直後、張り詰めた沈黙を破るように割れんばかりの拍手が湧き起こった。

万雷の拍手を惜しむように、三色染めの定式幕がゆっくりと引かれていく。

同時に奏でられる笛と太鼓による軽やかな受け囃子《ばやし》。

「いやあ、大したものだね」

幕が完全に閉じたところで、空洞《うろ》淵霧瑚《ぶちきりこ》は、珍しくわずかに興奮しながら拍手を止めた。

「以前にも聴いたことがあったけど、それよりも面白かったな。もはや名人の域だね」

肩が触れるほどのところに座っていた巫女《みこ》装束の女性、御巫《みかなぎ》綺翠《きすい》は、そう、と素っ気なく返す。一見すると興味がなさそうにも見えるがそういうわけではなく、単純に大きな感情表現があまり得意ではないだけだ。そろそろ付き合いも長くなってきたこともあり、この感じだと自分と同じくらいには楽しんだに違いない、という確信があった。

「すごく怖かったね！」

綺翠と反対の左隣に座っていた妹巫女の穂澄《ほずみ》は、空洞淵の袂《たもと》を握りながら、言葉とは裏腹にとても楽しげに言った。

「お願いだからお兄ちゃんは、死神が見えても関わらないでね」

「大丈夫。ここへ来てから、神を名乗るものに関わるとろくなことがないってわかったから、そのときはすぐ逃げるよ」

「よかった！　お姉ちゃんも気をつけてね」

空洞淵を挟んで、穂澄は姉を見やる。

「私も大丈夫よ。死神だろうがなんだろうが、悪さをしていたら斬《き》り捨てるから」

綺翠は相変わらず素っ気なく答えた。

まあ、確かに綺翠ならば問題にならないか、と思いつつ、それにしても情緒がないと内心で苦笑する。

極楽街の目抜き通りに面する寄席《よせ》『極楽座』の一角だった。

春にはまだ遠いが、少しずつ日も長くなり始めてきた二月の頭。

たまの休み、空洞淵は居候《いそうろう》をさせてもらっている御巫神社の巫女姉妹を連れて、近頃街で話題になっている落語を目当てに寄席に来ていた。

演目は――『死神』。

借金苦から死を選ぼうとしていたところで、老人の姿をした死神と出会い、その後の人生を翻弄《ほんろう》される男の物語だ。

明治に入ってから三遊亭圓朝《えんちょう》によって創作されたとされるこの演目が、江戸中期に現実世界と分かたれた〈幽世《かくりよ》〉に何故《なぜ》存在するのか疑問に思うところではあったが、この世界には不思議なことなどありふれているため、そういうこともあるのだと素直に受け入れる。

無趣味が服を着て歩いていると言われる空洞淵だったが、祖父の影響で小さな頃から慣れ親しんでいた落語を久方ぶりに聞いて、大変満足していた。

強いて気になったところを挙げるとするならば、〈現世《うつしよ》〉の『死神』とは異なり、こちらの死神は、若く美しい女性の姿をしていることくらいか。まあ、その程度の改変はよくあることなので、気にするほどのことでもないのだけれども。

「しかし……なかなか身につまされる話だったわね」綺翠は呟く。「欲をかいて、因果に逆らうようなことをすると罰が当たるということかしら」

「因果に逆らう、か……」

空洞淵は独りごちる。

本来、〈幽世〉と〈現世〉は決して交わらないはずの世界だ。不可抗力とはいえ、〈現世〉から〈幽世〉へ連れて来られた自分が、こちらの世界で薬師《くすし》を続けることは、果たして本当に因果に沿っているのだろうか。

空洞淵が〈幽世〉へ連れて来られてから半年。その間、薬師としての治療や、その他の色々で、彼は多くの人と関わりを持った。

中には、空洞淵がいなければ命を落としていた人だっていたかもしれない。

異物であるはずの自分が、そんなふうにこの世界の人々の因果に干渉してしまっていることに、わずかな不安を覚える。

あるいはその報いとして、いずれ彼の前にも死神が現れて、命の火を消される日が来るのかもしれない。

できればそのようなことは御免被《こうむ》りたいところだが……仮に将来的にそうなる定めだったとしても、自分は結局それまでは薬師を続けると思うので、考えるだけ無駄なのかもしれない。だから、せめて欲だけはかかないようにしようと自分を戒める。

「久しぶりの街だし、ご飯でも食べて行こうか」

「賛成！」

空洞淵の提案に、穂澄は身を乗り出した。

「お寿司《すし》食べたい！　今は寒ブリが美味《おい》しいよ！」

空洞淵は綺翠と顔を見合わせて、どちらからともなく苦笑を浮かべる。

この少女は、死神を思う情緒よりもまだ食い気のほうが勝るようだ。実に健全である。

寄席を出た三人は、空風を避けるように身を寄せ合いながら、寿司処《どころ》を目指して歩き出した。

茜空《あかねぞら》に白くたなびく雲が映える。様々な色に彩《いろど》られる空を見上げて、綺麗だな、と暢気《のんき》なことを思う。

――御巫綺翠が〈死神〉に敗れる、二週間ほどまえの出来事だった。

第一章

死神

I

「——旦那《だんな》ぁ……いますかぃ……？」

寄席《よせ》見物からしばらく経《た》ったある日のこと。

空洞淵《うろぶち》が店主代理を務める薬処《くすりどころ》〈伽藍堂《がらんどう》〉の戸を、珍しい男が開いた。

配置薬の調剤をしていた空洞淵は、作業を止めて顔を上げる。

「釈迦《しゃか》さんか。久しぶりだね。どうかしたの……って、本当にどうしたの？」

黒衣に濃紫《こむらさき》の袈裟《けさ》を着けた法師ふうの男——釈迦堂悟《さとる》は、いつもどおり信用ならない笑みを顔に貼《は》りつけてはいるが、その顔は赤く上気してぼんやりとしていた。何よりもどこから拾ってきたのか、太い木の枝でやっと身体《からだ》を支えながら立っている。明らかに尋常の状態ではない。

釈迦堂はいつも以上に覇気のない声で言う。

「何だか、朝からどうにも力が入らなくて……頑丈だけが取り柄だったんですがね……ちょいと診てはもらえませんか……？」

「わかったから、無理しないでちょっとそこの上がり框《がまち》のところで休んでて」

即座に傷寒《しょうかん》――インフルエンザなどの急性熱性疾患を疑い、空洞淵はマスク代わりに鼻から下を特別な手ぬぐいで覆《おお》ってからぐったりと座り込む法師の元へ急ぐ。

手首に触れる。明らかに体温が高い。四十度近くはあるだろう。そのまま脈を診る。脈は浮緊《ふきん》にして数《さく》。実に見事な傷寒だ。しかし、熱の高さに反して汗は掻《か》いていない様子。熱が籠《こ》もってしまっている証拠だ。

「寒気はある？」

「今は……寒い中歩いてきたんでもはやよくわかりませんが……朝は布団《ふとん》の中でも震えが止まりませんでしたね……」

「身体は痛むかい？」

「ええ、そりゃもう酷《ひど》いもんで……。寝ていようにも腰が痛すぎて身の置き所がない具合でして……」

「もしかして、胸のあたりがはしゃぐ感じする？」

「はしゃぐ、っていうのはよくわかりませんがね……何だか無性に胸を掻きむしりたい気分ですかね……初恋を思い出します」

言って、法師は激しく咳《せ》き込む。

どうやら煩躁《はんそう》がありそうだ。肺炎になり掛かっているのだろう。急いだほうがいい。肩を貸して店の奥の衝立《ついたて》で区切られた一角まで釈迦堂を連れて行く。そこは緊急用に布団が敷かれている、ある種の別室だった。

「すぐに薬を煎《せん》じてあげるから、ちょっと休んでて」

「……うぅ……かたじけない……」

普段は軽口ばかり叩《たた》いている男なのに、珍しく弱腰で大人しい。とても出会い頭に詐欺《さぎ》紛《まが》いの方法で空洞淵から金を巻き上げようとした守銭奴とは思えない。

どんなに傍若無人な人間も、病に罹《かか》ればしおらしくなるものなのである。

空洞淵は頭の中に『傷寒雑病論《しょうかんざつびょうろん》』の記述を思い浮かべながら、手早く調剤を行う。

太陽中風　脈浮緊　發熱惡寒　身疼痛　不汗出而煩躁者　大青龍湯主之

一般的にインフルエンザなどの急性熱性疾患には麻黄湯《まおうとう》を用いることが多い。実際、臨床上では麻黄湯あるいは葛根湯《かっこんとう》でこと足りることがほとんどだ。ところが稀《まれ》に麻黄湯証よりもさらに症状が悪化してしまっていることがある。熱が内側に籠もり、しかし汗がかけないため発散することも叶《かな》わず、それが行き場をなくして暴れるのだ。

傷寒論ではこの状態を煩躁と呼ぶが、現代では肺炎の初期症状であると捉《とら》えられる。

ここまで進行してしまうと、麻黄湯では籠もった熱を発散しきれなくなる。そのために麻黄湯に石膏《せっこう》などを配した大青龍湯《だいせいりゅうとう》を用いて、籠もった余分な熱を取ってやらなければならない。石膏は辛微寒なので身体を冷やす効果がある。

煎じたばかりの薬を釈迦堂に持って行ってやる。

「身体起こせる？」

「……はい、なんとか」

おもむろに身体を起こして、小ぶりな湯飲みに満たされた茶色い液体を少しずつ飲み下していく。

「……酸《す》っぱくて渋くて辛くて甘くて……不味《まず》いですね……本当に身体にいいんですか……？」

「我慢して飲んで。それ漢方の中では比較的飲みやすいほうだから」

「わ、わかりましたよ……旦那の言うことは信じますから……」

不味い酒でも飲むように、ズルズルと少しずつ煎液を啜《すす》っていく。やがて湯飲みは空になった。

「半刻《はんとき》ほど横になっていきなよ。汗が出てくれれば、かなり楽になるはずだから」

「はい……おっしゃるままに……」

再び横になり布団を被《かぶ》る。そのまま眠りに就くかと思ったが、釈迦堂はぽつりと呟《つぶや》いた。

「……旦那は、死神を信じますか」

配置薬の調剤に戻ろうとしていた空洞淵は、手を止めて衝立の向こうへ応える。

「法師のきみから死神なんて言葉が出るのは意外だね。日本には元々なかった概念だろうに」

「そうでもないですよ。神道《しんとう》のイザナミは黄泉《よみ》の国の主宰神ですし、我らが閻魔《えんま》様だって冥府《めいふ》の王です。死を司《つかさど》る存在は、大体広義の死神でしょう」

確かに言われてみればそのとおりだ。古今東西、あらゆる宗教は〈死〉と不可分だし、そう考えれば、死神というのはわりと普遍的な存在なのかもしれない。

「死神を信じるか、って問いなら、僕は信じないよ。死後の世界なんて存在しない。人は死んだら消えてなくなるだけだ」

「ははっ……旦那らしい」

「でも、〈幽世《かくりよ》〉なら話は別だ。死神くらい――いても不思議じゃないと思う」

今から半年ほどまえのこと。

東京の大学病院で漢方専門薬剤師をしていた空洞淵霧瑚《きりこ》は、仕事の帰り道、白銀《しろがね》色の髪が特徴的な、この世の者とは思えないほど美しい少女と出会った。

白銀の愚者――月詠《つくよみ》。

空洞淵は、彼女の持つ異能の力によって、現実世界と隣り合った場所に存在する異世界――〈幽世〉へと連れて来られた。

ここは、現実とは異なる理《ことわり》によって統《す》べられた、ある種の理想郷だ。

〈国生みの賢者〉金糸雀《カナリヤ》は、現実世界――〈現世《うつしょ》〉から、一部を切り離すことでこの〈幽世〉を作り出したのだが、その際、本来〈現世〉に存在していたあらゆる怪異と、その発生に関与する媒介因子をこちら側へと引き込んだ。

すべての怪異は、人々の認知によって生じる。人々の願望が、恐怖が、祈りが、本来は存在しないはずの超常存在――怪異を生み出すのだ。人々の認知は、〈伝奇ミーム〉と呼ばれる不可視の情報因子により少しずつ伝播《でんぱ》していき、やがて認知の数がある一定の閾値《いきち》を超えたとき、怪異として世界に像を結ぶ。

それは神であったり、悪魔であったり……あるいは何てことはないささやかな魑魅《ちみ》魍魎《もうりょう》であったりと、様々な形態を示す。

たとえば、人魚の肉を食べて不老長寿を得た八百比丘尼《やおびくに》。

たとえば、人々の恐怖心が具現化した鬼。

〈幽世〉には、そんな多種多様な怪異が存在し、人々との共存を果たしている。

また、元々世界に存在していた怪異とは別に、この〈幽世〉で新たに怪異が生まれることもある。それは、〈現世〉よりもずっと狭い〈幽世〉に、すべての〈伝奇ミーム〉を取り込んだためにその密度が高くなり、結果として〈現世〉よりも格段に怪異が発生しやすくなってしまったのだ。

そのため〈幽世〉では、ちょっとした噂《うわさ》であってもある程度人口に膾炙《かいしゃ》してしまうと、それが現実のものとなってしまうという弊害が発生する。

去年の夏には、それが原因となって、街中に〈吸血鬼〉が大量発生してしまった。

あのときも大元は、肌が白く、日光を嫌う特徴を持った人に対して、「あの人は吸血鬼なのではないか？」という噂が立ってしまったために、〈伝奇ミーム〉による現実改変がなされた。

その結果、ある特定の属性をもつ人々が、一般的に認知される〈吸血鬼〉像と結びつけられて、吸血鬼になってしまったのだった。

空洞淵は〈幽世〉へやって来るなりこの吸血鬼騒動に巻き込まれたが、様々な幸運に恵まれた末、見事騒動を収めることに成功した。

このように噂によって発生する怪異を〈感染怪異〉、〈幽世〉成立以前から存在していた歴史ある怪異を〈根源怪異〉と呼び、両者は区別されている。また〈感染怪異〉によって、人ならざるモノに変質してしまった者は、〈鬼人《おにびと》〉と呼ばれている。

その後も、あれやこれやと様々な怪異絡《がら》みの騒動に巻き込まれている空洞淵は、今さら死神がいたところでもはや驚くこともないほどには、〈幽世〉に馴染《なじ》んでしまっていた。

同様の感想を釈迦堂も持ったようで、すっかり〈幽世〉の一員ですねえ、などと他《ひ》人《と》事《ごと》のように言って笑い、そして咳き込んだ。

「それにしても、急に死神の話なんてして……。ひょっとして病気になって、死神が迎えに来るかもしれないって心配になった？」

「……まさか」込み上げる咳《せき》を何とか抑えて、釈迦堂は苦しげに言う。「仏道に生きる私の前に死神など現れません。私は死後、極楽浄土でのんびり楽しく暮らすのです」

仏道に生きる人間の言葉とは思えない。極楽浄土とは、あらゆる心配事が存在しないとされる、悟りを開くための修行場である。

アブラハム的宗教観における〈天国〉とはまったく異なるものなので、のんびり楽しく暮らすことは難しいだろう。

「それじゃあ……どうしてそんな話題を？」

空洞淵の問いに、やや間を空けて釈迦堂は答えた。

「……ちょいと気になる噂を耳にしまして」

「噂？」

「ええ。何やら近頃、夜の街に〈死神〉が現れるそうで……」

どうやら空洞淵の想像どおり、〈幽世〉には死神が存在するらしい。

「別に現れるだけなら、目くじらを立てるようなこともないんですがね……何でもその死神は、人の魂を刈り取っているのだとか」

不穏な内容に、空洞淵は眉《まゆ》を顰《ひそ》めた。

「……それは穏やかじゃないね。人死にが出てるのかい？」

「いえ、少なくともまだ死人は出てないみたいです。ただ、死神に斬《き》られると、魂が抜かれたように意識をなくしてしまうそうです」

「斬られるって……草刈り鎌《がま》でも持ってるの？」

「得物は日本刀のようです」

「日本刀……」

その言葉で、空洞淵は非常に近しい巫女《みこ》のことを思い出す。

「それ本当に死神なの？」

「さあ……詳細は何とも。ただ喪服を着た髪の長い美女なのだとか」

喪服を着た髪の長い美女が日本刀を片手に夜の街を徘徊《はいかい》している――それだけでも十分に奇怪だが、あまりにも現実感がない。

「実を言うと、先日、お祓《はら》いの依頼があり、魂を刈られた人の様子を窺《うかが》いに行ったのですがね……。ご本人は死んだように眠っていました。何をしても起きないそうで、ご家族も困っておられました」

「ということは……感染怪異なの？」

「それは間違いないでしょう」咳き込みながら法師は言う。「しかし、発生原因がどうにもよくわからないので迂闊《うかつ》に祓えない次第で……。わかっているのは、昏睡状態になるまえ、死神に斬られたと話をしていたことくらいです」

何やらまた空洞淵の知らないところで厄介そうな問題が起きている気配がする。

「……とにかくそういった不可解なことが今起きているようで、その被害者は少しずつ増えています。おそらく巫女様のところへも依頼が行っている頃でしょう。旦那も十分にお気を付けください。特に遊郭などへ行かれる際には、あまり遅くならないよう……」

「行かないんで大丈夫だよ」

日が暮れたら神社へ直帰して、以後朝まで一歩も家を出ない生活を続けているので、空洞淵が死神の被害に遭う危険性は低そうだった。

それから釈迦堂は話し疲れたのか、小一時間ほど眠りに就き、起きたときには全身汗びっしょりになっていた。

そして、「何だか異様に身体が軽くなりました」と言い残し、上機嫌に去って行った。

念のため数日分の薬は持たせたが、あの調子なら大丈夫だろう。

薬が効いたようでよかったと胸をなで下ろすが、仕事を続けながらも、先ほど聞いた死神の話題がなかなか頭の片隅から消えなかった。

2

その日の夕食時。

「――ねえ、空洞淵くん。明日少し時間とってもらえる？」

冷酒で満たされた杯を一息に干してから、珍しく綺翠《きすい》が申し訳なさそうに言った。

卓袱台《ちゃぶだい》の対面に座る空洞淵は、ぴたりと箸《はし》を止めて答える。

「もちろんいいよ。最近は少し流行病《はやりやまい》も落ち着いて来たし。でも、急にどうしたの？」

「ちょっと空洞淵くんに診てもらいたい人がいるの」綺翠はいつもどおりの落ち着いた顔で空洞淵を見る。「うちの氏子の人なんだけど……数日まえからずっと、死んだように眠り続けてるんですって」

「それは……穏やかじゃないね」

空洞淵は一旦《いったん》箸を置いて、冷酒を呷《あお》った。

「ひょっとして、死神絡みかな？」

「死神？」今度は綺翠が意外そうに小首を傾《かし》げた。「それこそ穏やかじゃないけど……ひょっとして何か怪異が流行り始めてる？」

綺翠の耳に、まだ死神の話は入っていなかったらしい。

空洞淵は、昼間に釈迦堂から聞かされた話をかいつまんで語る。時折、酒杯に手を伸ばしながら、綺翠は渋い顔で話を聞いている。

「――どうやら、また悪さをしているのがいるみたいね」

隣に座る穂澄《ほずみ》がにこにこ笑顔のまま、何も言わずに姉の酒杯を満たしていく。綺翠はどこか捨て鉢にまたそれを一気に呷って、熱い吐息を零《こぼ》した。

綺翠の機嫌が悪くなるのもわからないではない。これまでの経験からして、この手の騒動の裏には、いつだって白銀の愚者、月詠の存在があるに違いないのだから。

「ということは、また金糸雀はこの件を認識していないのかな」

「おそらくね」

〈国生みの賢者〉金糸雀は、創造主として〈幽世〉で起こったあらゆることを知覚する能力を持っているのだが、どういうわけか妹である月詠の関与した因果は知覚できないらしい。

月詠が何を目的として、方々で悪さをしているのかはわからない。だが、どういうわけか毎回、空洞淵が関与してくることを予見して動いている節があった。何よりも、空洞淵をこの〈幽世〉へ連れ込んだのは月詠だ。ならば当然、何らかの思惑があって、空洞淵を様々な事件に関与させていると考えるのが妥当だ。

今さら知らん顔などできるはずもないし、そもそも放っておけば必ずもっと酷いことになるのだから、関与せざるを得ない。

「でも、死神とは言っても、実際に人の魂を刈り取る神様なんていないよね？」

「そうね……」綺翠は頬に手を添えて答える。「そういった、個人の死に積極的に関与する存在というのは、西洋的宗教観の産物ね。それに神道では、一般的に言われる〈魂〉は〈神〉とほとんど同一の存在だから、刈り取る云々《うんぬん》というのは感覚的によくわからないわ」

「魂と神が同一？」

あまり聞き慣れない表現に空洞淵は首を傾げた。

「八百《やお》万《よろず》の神って言うでしょう？　神道は自然崇拝の一種で、万物に神が宿ると考える。万物だから当然、人もその対象となるわ。つまり生まれたときから人には神が宿っていて、それが魂として表現されているわけね。でも肉体は、あくまでも魂の器でしかないので、死後、魂は器から解き放たれて、最終的に家や土地を守る神になるの」

改めて考えてみると、神道の死生観についてはあまり詳しく知らなかったので、思わず、へえ、と感心の声を上げてしまう。

「そういえば、御霊《みたま》なんて表現もあるね。あれは、魂と神の同一視から生まれたのかな」

「御霊は魂の尊敬語だし、同時に神に対しても使われる表現ね」

神社を分けるときにも分霊《わけみたま》が行われる。なるほど、魂と神は不可分な関係らしい。

「似たような概念で『御霊《ごりよう》信仰』というものもあるわ。これは、世の中の災害や疫病《えきびよう》は、荒ぶる死者の魂によって引き起こされる、という思想で、その荒ぶる魂を神として祀《まつ》って鎮《しず》め、災害や疫病を防ごうという考え方ね。〈幽世〉でも昔はよくやっていたみたい。金糸雀から少し聞いただけだから、詳細はわからないけど」

死者の魂を神として祀る、というのは、日本人として極めて自然な発想に思える。

しかし、そう考えると疑問が残る。

「でも、神道にも死後の世界はあるよね？　黄泉の国とか根《ね》之《の》堅洲《かたす》國《くに》とか聞いたことあるけど」

「神道に、というよりも日本神話に、というほうが正しいかしら。黄泉の国や常世《とこよ》の国は、神話に登場する異界ね。日本神話の世界観は重層的なのだけど、それはあくまでも元々存在した自然崇拝を上書きする形で創作されたものなの。大陸から仏教や道教の思想が入ってきてから神話として編纂《へんさん》されたものだから、あちらの文化が少し混ざって微妙にわけのわからないことになってしまったのよ。だから神道的には、確かに死者の国はあるけれども、必ずしも死者の魂がそこへ行き着くわけではない、という解釈が一般的かしら」

　そういえば、大陸との往来によって異文化が入ってきたために、日本が国としての歴史的基盤を持っていることを国内外に主張することを目的として日本書紀が編纂された、という話を聞いたことがある。

　その際に、大陸伝来の文化と一部融合してしまったとしても不思議はない。

「つまり、神道は日本神話を全肯定しているわけではないってことだね」

「そうね。教会聖書のような、所謂《いわゆる》聖典とは本質的に異なるものだから、あまり気にしなくて大丈夫よ」

　綺翠は里芋の煮付けを口に運び、再び冷酒を呷る。

「それで話は戻るけど……魂を刈る、ということは人をただの器に戻していることになる。でも、私にはその意味がわからないわ。それによって誰が何の得をするのか……想像もできない」

確かに先ほど説明された神道的な死生観だと現象の理解が難しそうだ。

「なら落語の『死神』みたいな、西洋的宗教観に基づく罰なのかな？」

落語『死神』は、『グリム童話』を題材にして創作されたと言われている。

「どちらかといえば、そのほうがしっくりくるけど……」綺翠はどこか不満げだ。「その死神が、人々に何らかの罰を与えているのだとしたら問題よ。ここ〈幽世〉は、自由で平等な世界。誰にも他者を裁く権利なんてないわ。――金糸雀以外にはね」

「――いずれにせよ、早めにこの件は対処したほうがよさそうだね」

結局、その結論に落ち着く。空洞淵としても、実際に魂を刈られた人がどのような状態になっているのか診てみなければ何とも言えない。

すべては明日からか、と思っていたところで、ずっと静かに話を聞いていた穂澄がぽつりと呟いた。

「でも、その死神って、日本刀を持った髪の長い美女なんでしょう？　それって……何だかお姉ちゃんみたいじゃない？」

確かにお祓いのためとはいえ、帯刀している女性など、この街には綺翠くらいしか存在しないだろう。何より――と、空洞淵は綺翠の顔を改めて眺める。

切れ長の双眸《そうぼう》に、高く通った鼻梁《びりょう》。白磁の肌に、花弁を置いたように赤い唇。

御巫《みかなぎ》綺翠という女性は、思わず見とれてしまうほど美しい容姿をしている。また普段あまり表情が変わらないため、その容貌はますます作りものめいて整って見える。

これまで女性の容姿を気に掛けたことなどほとんどない空洞淵でさえ、無意識に目で追ってしまうほどに。

なればこそ、余計に気に掛かる。

日本刀を持った髪の長い美女という死神像は、綺翠の印象と完全に一致する。

これは偶然なのか、それとも、月詠による何らかの悪意のためか。

空洞淵は、言い知れぬ不安を覚えて、思わず身震いをする。

脳裏を過《よぎ》る嫌な予感を振り払うように、酒器に残されていた冷酒を一息に呷った。喉元《のどもと》を熱い液体が通りすぎても、不安を飲み下すことはできなかった。

3

翌日、綺翠に連れられて朝一番で往診に訪れたのは、目抜き通りに面した金物屋だった。どうやら、金物屋の若旦那が死神に魂を刈り取られて眠りに就いてしまったらしい。

この店で扱っている南部鉄器の鉄瓶は、伽藍堂でも日常的に使用しているものだ。細工と色合いが素晴らしく気に入っているので、店主の不調は尚《なお》のこと気に掛かる。

女中に案内されるまま、二人は若旦那が眠る寝室へ通される。

部屋の中央には布団が敷かれ、その傍らでは若い女性が不安げな面持ちで俯《うつむ》いていた。襖《ふすま》の音で空洞淵たちの到着に気づいたらしい女性は、居住まいを正して深々と頭を下げる。

「――巫女様、空洞淵先生。お忙しい中、誠にありがとうございます。家内の三和《みわ》と申します」

空洞淵と綺翠は顔を見合わせてから女性――三和の元まで歩み寄る。

「どうか頭を上げてください」屈《かが》み込んだ綺翠が余所《よそ》行きの優しげな口調で告げる。

「この街の安心と安全を守るのが我々の務めですので」

「ああ……巫女様……。何とお優しい……」

涙声で答えながら、三和は顔を上げる。目が潤《うる》んでいるところを見ると、きっとかなり不安だったのだろう。何とかしてやりたい、と空洞淵は思う。

三和に断りを入れてから、空洞淵はこんこんと眠り続ける若旦那の状態を早速診ていく。

一見するとただ眠っているようにも見えるが……確かに通常の睡眠よりも意識レベルは低そうだ。呼吸数も少ない。

脈診をしてみると、沈遅《ちんち》。代謝全般が落ちているらしく、体温も低い。まるで冬眠だ。

〈現世〉にいた頃、昏睡《こんすい》状態としてであれば類似の症例は何度も見たことがあったが……怪異絡みであることは確実なので、当時の経験など役には立たない。

「空洞淵くん、どう？」

「……難しいね」正直に答える。「何らかの症状があれば、そちらの方面から対応できるかもしれないけど……見た感じ本当にただ深く眠っているだけだ。これだと〈証《しょう》〉が立てられないから、僕では役に立てないかな」

「――そう」

少しだけ残念そうに目を伏せてから、綺翠は改めて三和を見やる。

「ご主人には何らかの感染怪異が取り憑《つ》いています。空洞淵先生に同行してもらったのは、感染怪異の出所に関して何らかの助言が得られるかもしれないと思ってのことでしたが……どうやらそれも難しいようです」

綺翠は淡々と、説明を続ける。

「感染怪異なので、祓おうと思えば祓うことは可能です。しかし、この感染怪異が何によってもたらされたものなのか、現状不明な点が多く、今は祓わないほうがよろしいかと思います。ご依頼をいただいたのに、このようなことを申し上げるのは大変心苦しいのですけれども……」

「で、ですが……吸血鬼騒動のときには、私を祓っていただきましたが……」

どうやら三和は例の吸血鬼騒動の被害者だったようだ。

「吸血鬼はかなり本態のはっきりした怪異ですからね。根本的な原因が何であれ、祓っても問題ないという判断ができました。何より、吸血鬼は放置すればそれだけ数を増やしていきます。仮に祓わないほうがよかったとしても、あの状況では祓わざるを得なかったのです」

申し訳なさそうに、巫女は首を振った。

「とにかくまずは、感染怪異の詳細について調べなければなりません。三和さんの知っている限りのことで構いませんので、少しお話を聞かせていただけませんか」

三和は僅《わず》かな逡巡《しゅんじゅん》を見せるが、こくりと頷《うなず》いた。

「……それが、主人を助けることに繋《つな》がるのであれば喜んで」

それから二人は、ここでは何ですから、と座敷のほうへ案内される。

陽当たりのよい一室。決して広いわけではないが、荒々しい筆遣いの掛け軸と、その足下には梅の花が控えめに飾られた落ち着きのある空間だった。違い棚に置かれた鉄器の香炉も実に品がいい。

上質な座布団に腰を下ろし、お茶が運ばれてきたところで、三和はおもむろに語り始めた。

「――一昨昨日《さきおととい》のことでした。買い付けに出掛けた主人が、夜遅くに帰ってきました。元々遅くなる予定でしたから、私も驚くようなことはなかったのですが……。帰ってきた主人は、まるで幽霊でも見たような顔をして言ったのです。死神を見た、と……」

「死神……」

空洞淵は無意識に呟く。やはり昏睡には死神が関係していたようだ。しかし、疑問は残る。

「何故《なぜ》、ご主人はそれを死神だと思ったのでしょう？」

少なくとも帰宅した時点では普通に行動できていたのだから、魂を刈られた、という認識には結びつかないはずだが……。

「……主人は、死神は髪の長い喪服の美女だったと言っていました。そしてそれは、落語の『死神』に登場する死神そのものだったと」

　そこではたと思い出す。

　本来の『死神』に登場する死神は老人の姿をしているが、〈幽世〉の『死神』は、若く美しい女性の姿をしていたことを。

　なるほど、それで喪服の美女を見て即座に死神と結びつけられたわけかと納得する。

「ご主人は、その死神に何かをされたのですか？」

　尋ねる綺翠に、三和はこくりと頷いた。

「よくはわからないのですが……その死神は、刀を手にしていて、突然斬りつけてきたそうです。主人は、すわ辻《つじ》斬りかと、目を瞑《つむ》って死を覚悟したようですが……身体には切り傷一つついていませんでした。そして目を開けたときには死神の姿はすでになく、狐《きつね》につままれたような心持ちで帰ってきたと言っていました……」

　斬られたはずなのに、斬られていない。

　気に掛かる言葉に、綺翠の様子を窺うと、巫女は細筆で描いたような綺麗な眉をわずかに顰めて口を曲げていた。

　彼女が訝《いぶか》しむのもよくわかる。

　それはまさしく、〈破鬼の巫女〉と、御巫神社に代々伝わる霊刀〈御巫影断《かげたち》〉の能力に他ならないのだから。

御巫神社に生まれた長姉には、必ず退魔の力が宿る。

だから御巫神社の長姉は〈破鬼の巫女〉と呼ばれ、代々伝わる霊刀〈御巫影断〉を携え、祓い屋として〈幽世〉の秩序を保つ責務を負うことになる。

〈破鬼の巫女〉は、この世ならざる者のみを斬り祓うことができる。空洞淵はこれまで何度も、綺翠が霊刀を振るい、人を傷つけることなく取り憑いた感染怪異だけを斬り祓うところを見てきた。

なればこそ尚のこと、死神と巫女の奇妙な共通点が気に掛かってしまう。

それに――。

空洞淵は無意識に右眼を手で覆う。何故だかわからないが、死神の話を耳にしたときからずっと、右眼に軽い鈍痛を覚えていた。同時に、喉の奥をくすぐられるような寂寥感《せきりようかん》に似た感情も湧《わ》き上がっている。

死神と何かの因縁でもあるのだろうか。今のところは見当もつかないが、どういうわけか〈幽世〉に来てからこの手の勘はよく当たる。

「――空洞淵くん、どうかした？」

気がつくと綺翠が心配そうに空洞淵の顔を覗き込んでいた。どうやら急に黙り込んだものだから、気遣ってくれたようだ。大丈夫だよ、と答えて右眼の痛みから意識を逸らす。

　気を取り直して空洞淵は尋ねる。

「ご主人は、死神について他に何か言っていませんでしたか？　たとえば様子だったり、何かを話しかけられたりとか」

　記憶を呼び起こすように三和は目を細めて虚空《こくう》を見つめるが、すぐに首を振った。

「いえ……特には。ただ、急に斬り掛かられたと……。あ、そういえば……」

　そこで三和は何かを思い出したように背筋を伸ばす。

「その……どうかご気分を害さないでいただきたいのですが……。その死神は、巫女様に似ていたとも言っていました」

「……私ですか？」

　驚いたように目をわずかに見開いて確認する綺翠。三和はどこか申し訳なさそうに頷いた。

「はい……その、死神に似ている、などと言われてよい気分ではないと存じますが……それほどまでに美しかったと、主人はそう伝えたかったのだと思います」

　怒られるかもしれない、と怯《おび》えているようにも見える。綺翠は安心させるように苦笑を浮かべて、お褒めの言葉と受け取っておきましょう、と答えた。

結局それ以上の新しい情報を得ることはできず、二人は金物屋を後にした。

まだ冷たい空風に身を縮こまらせながら、空洞淵と綺翠は並んで往来を歩く。

「死神……何者なんだろうね？」

答えなど返って来るはずもなかったが、黙っていることもできずに空洞淵は尋ねた。

案の定、さあ、と綺翠は返した。

「何者であろうとも、何が目的であろうとも、〈幽世〉の秩序を乱すのであれば、ただ斬り祓うだけだわ」

その声は、普段よりも幾分感情的に聞こえた。

「ひょっとして……怒ってる？」

「……私が怒っているように見える？」

いつもどおりの無表情を向けてくるが、空洞淵は、うんと答える。

すると綺翠は、どこか悔しげに口を曲げてため息を吐《つ》いた。

「……空洞淵くんに嘘《うそ》はつけないものね。降参、白状します。確かに私は怒っています。でも、半分くらいは戸惑いの気持ちかしら」

綺翠は風に靡《なび》く長い髪を耳に掛け、視線を遠くへ向けた。

「月詠は、何らかの目的で、私を想起させる〈死神〉を使って悪さをしている。それはつまるところ〈幽世〉における御巫神社の信用を失墜させようとしていることに他ならない。まずそれ自体が許しがたい冒瀆《ぼうとく》だけれども……それ以上に、何が彼女をそこまで駆り立てているのかがわからないの」

困ったように、彼女は再びため息を吐く。

「……月詠は、金糸雀やこの〈幽世〉を嫌うような存在じゃないと思っていたのに」

何となく、彼女の言い回しが気に掛かる。

「ひょっとして、月詠に会ったことあるの？」

「幼い頃に、一度だけね」綺翠は過去を懐《なつ》かしむように目を細めた。「三歳くらいだったかしら。まだ穂澄も生まれていない頃よ。私はそのとき、神社の境内で一人、遊んでいたの。そうしたら、突然背後から声を掛けられてね――『あなたが今代の巫女なのですか？』って。驚いて振り返ったら、白い肌と白銀の髪をした、とても綺麗な女の人が立っていたわ」

空洞淵は、かつて仕事の帰り道に見た光景を思い出す。

黄昏時の闇に佇む、この世の者とは思えないほど美しかった白銀の少女の姿を――。

「私はとてもびっくりしたけど、その頃はまだ素直ないい子だったから、はい、と答えたの。続けて、『お名前は？』と聞かれたから、御巫綺翠です、と答えた。そうしたらその女の人は、とても嬉《うれ》しそうに微笑《ほほえ》んでそっと私を抱き締めてこう言ったの。『どうか姉《あね》様をよろしくお願いします』――と」

姉様――金糸雀のことだ。

綺翠が語る月詠の姿は、空洞淵が知っている艶《あで》やかで妖《あや》しい根源怪異の少女とは、どうにも雰囲気が異なる印象を受ける。

「女の人はすぐに消えてしまったけど……あとで母に聞いてみたら、それは月詠という悪い怪異だから関わっちゃいけないと教えられたわ。でも、私にはあのときの月詠の嬉しそうな顔が忘れられなかった。金糸雀への手放しの親愛が見て取れたから……私はしばらく母の言っていたことが信じられなかった。月詠が悪い怪異だなんて思えなかったから。ところがしばらくして、やっぱり月詠は〈幽世〉のあちこちで悪さをしていることを知って……何というか、子供心に残念だったわ」

いつか綺翠は、月詠が〈幽世〉で悪さをするのは、金糸雀への当てつけだ、と言っていた。もしかしたら、子どもながらに『裏切られた』と感じた心が、そんな認識を育《はぐく》んだのかもしれない。

いずれにせよ、意図して綺翠を想起させる要素を使って、感染怪異を振り撒《ま》いているのだとしたら確かに大問題だ。〈破鬼の巫女〉は〈幽世〉の秩序の象徴のようなものなのだから……その基盤を揺るがすことにも繋がりかねない。

市井《しせい》の人々の安全と安寧のためにも、早めに対処しなければならないだろう。

それにしても、とそこで綺翠は話題を変えて空洞淵を見た。

「空洞淵くん、やっぱり鋭いわよね。穂澄以外には、感情を読まれることはないと思っていたけど……半年も一緒に暮らしていれば、雰囲気くらい伝わるようになるものなのかしら」

確かに、出会った当初はわかりにくかった綺翠の心の変化も、最近は自然とわかるようになってきた気がする。もちろん、まだ完璧《かんぺき》に綺翠を理解できたとは思っていないけれども……他人に興味を持てなかったはずの自分にしては大きな変化だと感心する。

あるいは、それだけ御巫綺翠という女性が、空洞淵の中で大切な存在になってきているということなのだろうか。

しかし、その先について考えようとすると何故か言いようのない不安に襲われたので、空洞淵は思考を遮断しつつ本心を答えた。

「……家族だからね。思ってることくらい、何となくわかるよ」

すると綺翠は驚いたように、いつもより少しだけ目を見開き、それからすぐにイタズラを思いついた子どものような笑みを浮かべた。

「それじゃあ……私が今何を考えてるかわかる？」

普段よりも楽しげに双眸が煌《きら》めいている。

今、綺翠が考えていること……空洞淵はその表情から必死に読み取ろうと試みる。

何かを企《たくら》んでいることは何となく想像できるが、正確に思考を読み取ることなどできるはずもない。

「……ごめん。さっぱりわからない」

大人しく両手を上げて降参するが、そんな空洞淵の返答も想定どおりだったように綺翠は笑みを零す。

「空洞淵くんもまだまだね」

そう言うと綺翠は、何を思ったのか空洞淵の腕を取って身体を寄せてきた。突然のことに目を白黒させる空洞淵だったが、綺翠はまるで気にした様子もなく続ける。

「正解は――『寒いから少し寄り添って歩きたいなあ』でした。私の考えがわからなかった罰として、神社までこうして帰りましょう」

「……わかりました」

言いたいことは色々あったが、すべてを飲み込んで現状を受け入れた。

寒かったのは事実だし、何よりこうして綺翠と触れあうことが、空洞淵も嫌いではなかったから。

場所はまだ極楽街の目抜き通り。朝方ではあったが、それなりに人通りはある。

奇異の視線——というよりは、微笑ましげな周囲からの視線に気づかない振りをしながら、空洞淵は逸《はや》る鼓動を何とか抑え込んでゆっくりと歩みを進める。

左腕にじんわりと伝わってくる温かな気配に、言い知れぬ幸福を覚えながら——。

4

さて、時は流れてその日の深夜。

空洞淵と綺翠の二人は、早速夜廻りに繰り出していた。

時刻は草木も眠る丑三《うしみ》つ時。余計な物音一つしない静寂の目抜き通りを、薬師《くすし》と巫女は手元の提灯《ちょうちん》の明かりだけを頼りに慎重に歩いて行く。

人と怪異が共存するこの〈幽世〉には、たった一つの不可侵な暗黙の了解が存在する。

それは、日中は人の時間で夜間は怪異の時間、というものだ。今はまさに人ならざるものが大手を振って往来を行く頃合い。

いつどこから怪異が出てきてもおかしくないため、空洞淵は緊張しながら歩みを進めていた。

垂れ込めた分厚い雲は、月明かりの一筋も通さず天を覆っている。闇夜《やみよ》にぼんやりと浮かぶ提灯が、まるで人魂のように不安げに揺れているばかりだった。

いつしか墨で染めたような空からは、ちらほらと牡丹雪《ぼたんゆき》が降り始めている。

風はないが、空気は刺すように冷たい。空洞淵は白い息を吐きながら、襟《えり》をかき合わせる。

隣を歩く綺翠を窺うと、普段よりも心なしか頬に赤みが差している。さすがの〈破鬼の巫女〉もこの寒さは応えるようだ。

しかし、それでもその佇《たたず》まいに油断は微塵《みじん》も見られない。ただ歩いているだけで、腰に帯びた小太刀に触れていないわけでもないのに、瞬《まばた》きをした刹那《せつな》、抜刀していそうな鋭い雰囲気を纏《まと》っている。

完全に仕事をするときの意識に切り替わっているようだ。これならば怪異どころか、ならず者だっておいそれとは近づいてこられないだろう。こんな夜更《よふ》けに婦女子一人を出歩かせることはできない、と気を揉《も》んで同行を申し出た空洞淵だったが、杞憂《きゆう》どころか逆に綺翠の仕事の邪魔をしているのではないかと不安になってくる。

「……空洞淵くん、もしかして付いてきたこと後悔してる？」

不意に綺翠が声を掛けてきた。警戒を怠らないためか、視線を前へ向けたままではあったが、声色から空洞淵を気遣っていることがわかる。

「少し、ね」空洞淵は正直に答えた。「僕がいるせいで、綺翠が全力で戦えなかったらどうしよう、って思ってた」

「心配性ね」ふっと口元を緩める。「空洞淵くんがいてくれたほうが、心強くてやる気も出るというものだわ。もっと自分に自信を持ちなさいな」

そういうものなのだろうか。空洞淵にはよくわからない感覚ではあったが、綺翠が問題ないと言っているのならばそれを信じるしかない。

何よりも、この〈破鬼の巫女〉に敵《かな》う存在など、〈幽世〉にそういるものでは——。

そんなことを考えていたとき、突然謎《なぞ》の悪寒《おかん》に襲われて、空洞淵は無意識に足を止めた。次の一歩を踏み出すのが、何故か無性に怖かった。

隣では綺翠も足を止めている。その端麗な顔に浮かぶ表情は険しい。

空洞淵は今、自分が何かの境界に立っているのだということを悟った。

　道の先は、何てことはないいつもどおりの目抜き通りが続いている。だが、明らかに空気が違っている。たった一歩先の世界が、冷たく、澱《よど》み——穢《けが》れているような気がした。

　まるで、この世とあの世の狭間《はざま》にいるような、本能的な忌避感を全身で感じる。

「——空洞淵くん、下がって」

　慎重に、短く綺翠が言った。何も答えず、空洞淵は三歩下がる。

　巫女は、空洞淵を庇《かば》うように彼の前に立つと、そっと鯉口《こいぐち》を切った。

　夜の帳《とばり》が下りた往来には、今や一切の音が存在しない。

　立ち尽くす空洞淵と、一歩も動かずに臨戦態勢をとる綺翠。

　ゆらゆらと、大きな雪片が視界にチラつく。

「——ぐっ！」

　そのとき、突然右眼に鈍い痛みが走り、空洞淵は思わず膝《ひざ》を突いた。

「空洞淵くん⁉」

　珍しく慌てたような声を上げる綺翠。彼女の邪魔をしないためにも、大丈夫、とかろうじて声を出す。右眼を片手で覆《おお》いながら、それでも空洞淵は前方へ視線を向ける。

　何かが、いる。

まだその姿を捉《とら》えたわけではないが、直感的に何者かの存在を感じ取った。

ふと——チリン、と鈴の音が響いた。

どこから聞こえてくるのか、最初はわからなかった。圧倒的な質量を持った静寂が、音の方向感覚を狂わせている。

再び、チリン、と鈴が鳴る。どうやら視界の先——暗闇の奥から響いてくるようだ。

チリン、チリン、とそれは少しずつこちらへ近づいてくる。

鈍痛の波は、鼓動に呼応するように大きくなっていく。

やがて——漆黒の虚空にぼんやりと白いお面が浮かんだ。

何だ——？　と目を凝らすと、すぐにそれがお面ではなく人の顔であることに気づく。

その無表情の顔が驚くほど整っていたこと、そして顔を除くほぼすべてが黒で統一されていたために、お面が浮かんでいるのだと錯覚してしまったらしい。

姿を現したそれは、喪服を想起させるように全身を黒で統一していた。

光沢のない黒の着物に黒の帯、ご丁寧に足袋や下駄まで真っ黒だ。

腰まで届くほどの髪もまた墨を溶かしたように真っ黒だった。一歩進む度に右へ左へとさらさら揺れる髪は、妖しげな美しさを演出していた。

闇に溶ける様相の中で、端麗な顔と、腰に帯びた白鞘《しろざや》の太刀だけが、冴《さ》え冴《ざ》えとその存在を主張している。

一目見て――確かに綺翠に似ている、と思った。

女性にしては長身な姿。真《ま》っ直《す》ぐに伸びた背筋。硬質な印象の顔立ち――。

何よりも、その身に纏った神性の雰囲気が、空洞淵のよく知る巫女と瓜二《うりふた》つだった。

綺翠は直ちに、目の前に現れた存在が尋常のものではないと察したようで、いつも以上に警戒を滲《にじ》ませる。

「……あなたが巷《ちまた》で話題の死神さん？」

黒衣の女性――死神は、何も答えずに一歩進み出た。またチリン、と鈴が鳴った。

見ると帯のところに紐で繋がれた小さな鈴が二つ、サクランボのように揺れていた。

死神はそこで歩みを止め、ジッと綺翠とその後ろに立ち尽くす空洞淵へと視線を向けた。まるで値踏みするような、冷たい視線に背筋が寒くなる。

「話す気はない、ということかしら」綺翠は声の調子を下げた。「それならそれでわかりやすいから構わないけれども。さあ、早く腰の物を抜きなさいな。品定めしてあげる」

怒っているのか、普段よりも好戦的なように思えて少し不安になる。

だが、話し合いに応じる気が相手にないのであれば、残された道は戦いしかない。

対峙《たいじ》してしまった以上、見過ごすことなどできはしないのだから。

霊刀の柄《つか》に手を掛ける綺翠。

しかし黒衣の死神は、〈幽世〉最強と名高いそんな祓い屋を一瞥《いちべつ》して、小さく吐息を零す。

「――未熟」

よく通る、氷のように冷たい声だった。

ズキン、とまた右眼が痛んだ。

「対峙して、彼我の力量の差を見抜けないとは……。〈破鬼の巫女〉というのも、存外大したことはないようね」

呆《あき》れたとでも言わんばかりの態度に、綺翠の肩がピクリと動く。

綺翠に敵う怪異など存在しないはずなのに、何故ここまで余裕を見せられるのか。

ただのハッタリなのか、あるいは――。

綺翠のことは信用しているが……それでも妙に嫌な予感がする。空洞淵は止まらない背筋の悪寒に身体《からだ》を震わせる。

「……そう」

感情を排した声で呟《つぶや》いた綺翠は、すらりと一息に小太刀を抜いた。

霊刀〈御巫影断〉が、夜の帳を切り裂くようにギラリと輝く。

「本当は何のためにこんなことをしているのか聞き出したかったところだけど……もう何でもいいわ。戦いがお望みなら、応えてあげる」

死神に負けないくらい、冷たい声で告げる。

「――祓へ給《たま》へ、清め給へ。守り給へ、幸《さきは》へ給へ」

巫女は、高らかに祝詞《のりと》を奏上していく。

それに呼応するように、霊刀は淡い光を帯びていく。

対する死神は、音もなく流れるような動作で太刀を抜く。それは一般的に言われる打刀よりも幾分刀身の短い特殊な日本刀――小太刀だった。

得物まで、綺翠と同じなのか。

訳がわからず、空洞淵は唾《つば》を飲み込む。いつの間にかカラカラに渇いていた喉に、唾が張り付いて気持ち悪い。

「――恐《かしこ》み恐みも白《まを》す」

祝詞の奏上を完了し、霊刀の力が引き出されたところで、空洞淵は目《め》眩《まい》を覚えて思わず一歩後ずさる。

ジャリ、という湿った土を踏みしめる音が響く。

刹那、破られた沈黙を合図として、二人は瞬きをするほどの間に激突する。

激しい火花が闇夜に咲き、わずかに遅れて鈍い金属音が響いた。衝撃が空洞淵の元まで届きそうなほど苛烈《かれつ》なせめぎ合い。

綺翠と死神は、白い息を嚙《か》み殺しながら至近距離で睨《にら》み合っている。

まさか綺翠に剣戟《けんげき》で対抗できるほどの実力を持った怪異が〈幽世《かくりよ》〉にいるなんて思ってもいなかったので、空洞淵は思わず目を剝く。しかも、空洞淵のような素人《しろうと》が見ても、綺翠のほうが押されているような――。

「――くっ！」

綺翠は無理矢理相手を押し返し、一歩跳び退《すさ》る。あのまま至近距離での睨み合いを続けていたら、力負けしていたかもしれない。どちらも白木の拵えで鍔はないため、わずかな判断の遅れが致命的な結果に結びつく。

死神は追撃することなく、正眼に構えた小太刀の切っ先を真っ直ぐに綺翠の喉元へ向けて立っていた。余裕の現れなのだろうか。

対する綺翠は、わずか一度の切り結びにもかかわらず、肩を揺らし荒い呼吸を繰り返している。いったいどれほどの実力差があるというのだ。

「綺翠！　一旦引こう！」

空洞淵は思わず叫ぶ。あまりにも分が悪すぎる。

このままでは綺翠の命にも関わると思い、懸命に止めるが綺翠は聞き入れない。

「……冗談。ここで引いたら犠牲者が増えるだけだわ。私には〈幽世〉の秩序を守る責務がある。こんな怪異に後れを取るわけにはいかないのよ」

霊刀を下段に構えて、死神を睨みつける。

死神は、そんな巫女を睥睨《へいげい》してため息を吐いた。

「随分と――荷が重そうね。向いていないのではないかしら？」

「……うるさい死神ね」

「そもそも……あなたには剣の才能がない」

最初、死神が何を言っているのか理解できなかった。

綺翠に剣の才能がないなんて、空洞淵は思ったこともなかったから。

空洞淵の知る綺翠は、自在に霊刀を操る無双の巫女だ。〈幽世〉でも並ぶ者がいないほどの実力者のはずなのに――。

ひょっとして、ただ綺翠を煽《あお》るための軽口なのでは、とも訝るが、対する綺翠はとても珍しく悔しげに顔を歪《ゆが》めていた。

まさか……本当に才能がないのだと自覚している……？

だとしたら、この勝負――。

思わず飛び出して行こうとしたところで、死神の姿が一瞬揺らいだ。

パキン、という水面に張った氷が割れるような軽やかな音が響く。

「――えっ？」

正眼に構えていたはずの死神は、いつの間にか刀を振り抜いていた。

直後、何かが煌めいて闇夜に舞い、空洞淵の足下に突き刺さる。

それは、一尺ほどの扁平《へんぺい》で細長い金属片に見えた。

なんだ……？　思考停止する中で、空洞淵は綺翠を見やる。

綺翠の両手に握られている霊刀は――半分ほどの長さに変わっていた。

状況から判断するに死神が霊刀を真ん中から切断した、ということなのだろうか。

空洞淵は自分の見たものが信じられなかった。同じように、折れた霊刀を握る綺翠も、信じられないという様子で目を見開いている。

死神は、放心したように立ち尽くす綺翠に歩み寄る。

「剣の才もなく、生まれながらに定められた責務も果たせないのならば……祓い屋など辞めてしまいなさい」

「……っ！」

悔しそうに歯嚙みする綺翠。空洞淵は、これほどまでに彼女が感情を剝《む》き出しにするところを初めて見た。

「一線を退いて愛する人と家庭を持ち、子を産み育てることもまた立派な務め。その程度の剣技があれば、衆生《しゅじょう》は守れずとも家庭くらいは守れることでしょう」

無感情にそう告げたのち、死神はおもむろに小太刀を上段に振りかぶる。

まずい、と空洞淵は無意識に駆け出す。先ほどの本能的に踏み留まった境界を越えてから、全身に粘性の高い空気が纏わり付いたように身体が重たくなっている。これ以上進んではならない、と本能が訴えてくるが、構うものかとばかりに空洞淵は懸命に足を動かす。

しかし、綺翠に手を伸ばす空洞淵の目の前で、無慈悲に死神の白刃《はくじん》は振るわれた。為《な》す術《すべ》もなく、綺翠は斬撃を身体で受け——その場に頽《くずお》れた。

「綺翠ッ！」

空洞淵は綺翠に飛びつく。最愛の巫女《みこ》は、双眸を閉じて全身を弛緩させていた。

まさか死んで——。

最悪の可能性が脳裏を過り、背筋につららを差し込まれたような悪寒が走るが、小さく胸は上下していたし、何より斬撃による斬り傷や出血は一切見られなかった。

いったい何が起こったのか。深い悲しみと言い知れぬ不安で思考がぐちゃぐちゃになっていたところで頭上から凛冽《りんれつ》とした声が降る。

「――死んではいません」

空洞淵はゆっくりと顔を上げる。ふわふわと舞い散る牡丹雪を背景に、死神は空洞淵を見下ろしていた。その漆黒の双眸に宿る穏やかな気配に、空洞淵は面食らう。

何故これほど優しく、そして悲しげな顔をしているのか。

綺翠を斬《き》った憎むべき敵のはずなのに、空洞淵は死神に敵意を向けることができなかった。

納刀した死神は、屈み込み、右手を空洞淵へと伸ばした。

そのまま首を絞められ殺されるかもしれないというのに、空洞淵は避けることもなくその行為を受け入れる。不思議と恐怖心は湧かなかった。

右眼がまた鈍痛を発する。

死者のように白く滑らかな手が、頬に触れる。身が竦《すく》むほどの冷たさが走るが、何故か温かくも感じた。

改めて至近距離で死神を見ると、綺翠と似ているものの別人であることがよくわかる。ただ、初めて見るはずなのに、郷愁にも似た既視感を覚えるのは何故なのか。

死神の朱《あか》い唇が何かを言いたげに微《かす》かに震える。しかし、何か思うところがあったのか結局言葉は飲み込まれた。ただ水気を帯びた熱い視線ばかりが注がれて、空洞淵は困惑する。

やはりどこかで会ったことがある……？

「あなたは……何者ですか……？」

空洞淵は尋ねる。

死神の顔が、また一瞬だけ悲しげに歪むが、すぐに綺翠に似た無表情を作り、白い息を吐いた。

「――ただの、〈死神〉ですよ」

そう告げると、死神はわずかな名残惜しさを見せつつ手を引いて立ち上がった。

「叶《かな》わぬものと知りつつも……一日逢《あ》えて、嬉しゅうございました」

意味深な呟きを残して、死神は音もなくまた漆黒の闇に消えていった。

残されたのは、意識を失った巫女と折れた霊刀。

そして何の役にも立てなかった無力な薬師だけだった。

第二章

再会

1

布団《ふとん》の中でこんこんと眠り続ける綺翠《きすい》の枕《まくら》元に、空洞淵《うろぶち》は力なく座り込んでいた。

部屋の隅に置かれた火鉢に火は入っていない。そのため室内はまるで氷室《ひむろ》のように冷え切っていたが、今さら暖をとる気にもなれず、空洞淵はただ放心して目の前に横たわる巫女《みこ》を窺《うかが》う。

綺翠の表情は穏やかで、一見すると本当にただ眠っているだけに見える。

そうならばどれほどよかったか、と願うが、残念ながら現実には、未知の感染怪異の影響で魂を奪われた状態なのであった。

綺翠を背負って神社へ帰ったとき、深夜であったにもかかわらず穂澄《ほずみ》は起きて空洞淵たちの帰りを待っていてくれた。

意識を失った姉の姿を見た瞬間、血相を変えて穂澄は飛びついてきたが、事情を説明するととても悲しげな表情を浮かべながらも決して涙を流すことはなく、綺翠の着替えなどの看護を行ってくれた。

普段は子どもっぽいところが目立つが、有事の際にはしっかりと自らの役目を果たそうとするあたり、御巫《みかなぎ》神社の巫女として生まれた自覚を持っているのだなと感心する。

最愛の姉が意識不明になってしまったのだから、放心して泣きじゃくっても構わないのに……とても強い子だ。

綺翠は今、客間に寝かせている。空洞淵は彼女の枕元で不寝《ねず》の番をしていた。穂澄も空洞淵に倣《なら》うつもりのようだったが、夜更《よふ》けだったこともあり、半ば強引に自室へ戻らせた。

今はゆっくり心と身体《からだ》を休める時間が必要だと思ったからだ。

それに看病と言っても、やれることなどほとんどない。

ただ何らかの変化があったときに備えて待機しているだけだ。

そのため考える時間だけは十二分にある。

空洞淵は、血の気のない寝顔を見つめながら、ただ己の無力を呪《のろ》っていた。

綺翠と仕事上の相棒になってから、半年。これまで何度も無茶はやってきたが、その都度どうにか乗り越えてきたこともあり、慢心していたのかもしれない。〈幽世《かくりよ》〉における最強の守り手だから、何があっても大丈夫なのだと――高をくっていた。

　でも、それは間違いだった。

　きっと綺翠はいつだって命懸けで祓《はら》い屋としての責務を全うしていたのだろう。空洞淵に戦う力はない。いつだって、綺翠の背中を見守ることしかできなかった。適材適所などと都合のいい言い訳をしていたけれども……もっと他にできることはなかったかと、後悔が次から次へと湧《わ》いてくる。

　せめて身を挺《てい》して綺翠を庇《かば》うことくらいは、どんなに愚鈍でもできたはずなのに。身が竦《すく》んでそんな簡単なこともできなかったのだから……本当に己の無力に嫌気が差す。

「……はぁ」

　深いため息が零れる。ため息を吐《つ》くと幸せが逃げていくなどと言われることもあるが、今ばかりは許してほしい、と弱気になる。

　とにかく日が昇ったら、金糸雀《カナリヤ》のところへ行き、今後の対応について相談しなければならない。〈金色《こんじき》の賢者〉とも称される彼女ならば、きっとまた何か妙案を出してくれるに違いない。

そしてその後、朱雀院《すざくいん》か釈迦堂《しゃかどう》にも声を掛けて、可能であれば綺翠の感染怪異を祓ってもらいたいところだけれども……と考えていたところで、突然廊下に面した障子が勢いよく開かれた。

「おはよう、お兄ちゃん！」

差し込んできた朝日に、空洞淵は目を眇《すが》める。いつの間にか、長い夜が明けていたらしい。

障子を開いたときのまま、両腕を広げた姿勢で立っていたのは穂澄だった。穂澄はいつもの巫女装束に着替えて、いつもと同じように元気な笑顔を浮かべていた。

「お姉ちゃんについててくれてありがとう。疲れたでしょう？　お風呂《ふろ》沸かしてあるから、温まっておいでよ。その間に朝ご飯準備しておくから」

「で、でも、僕はまだ――」

綺翠のそばにいなければ、と突き刺す陽光に手をかざして目を庇いながら空洞淵は答える。しかし、穂澄はそんな空洞淵の腕を引いて無理矢理立たせた。

「もう！　一晩中看てくれてたんだからお兄ちゃんも疲れてるでしょう！　休めるときには休まないと！　ほら、お風呂行くよー！」

空洞淵の手を引いて、穂澄は元気よく歩き出す。無理矢理手を振り払うわけにもいかないので、仕方なく彼女に従う。

後ろから穂澄の横顔を窺うと、目元が赤くなっていることに気づき、空洞淵は言葉を呑《の》みこむ。

きっと穂澄は一晩中部屋で一人、泣いていたのだろう。

それはそうだ。幼くして両親を亡《な》くしてからは、綺翠がたった一人の家族だったのだから……。

それでも穂澄は、涙を堪《こら》えていつもどおりに振る舞おうとしている。

あるいはそれは、現状唯一《ゆいいつ》の御巫の巫女としての責任感に基づく行動なのかもしれないけれども……。暗い部屋で一人後悔に沈むしかなかった空洞淵などよりもよほど前向きでちゃんとしている。

一回り以上も年の離れた少女に、空洞淵は完敗だった。ならば——彼女の言うとおり、ここは大人しく疲労回復に努めることにしよう。

朝風呂に浸《つ》かり、冷え切っていた身体を温める。それだけで、少し心が軽くなった気がした。

現状の問題は何も解決していなかったが、それでも心持ちを多少なりとも明るくできたのは上出来と言えよう。

十分に身体を温めてから風呂を出ると、穂澄は着替えまで用意してくれていた。ありがたく思いながら袖《そで》を通すとまた少し気分が上を向く。なるほど、気分転換というものは存外馬鹿《ばか》にできないものだ、と新たな見地を得る。

そのまま居間へ向かうと、卓袱台《ちゃぶだい》には朝食が並べられていた。ご飯とみそ汁、焼き魚に漬物という普段と変わらぬ内容だ。きっと敢《あ》えていつもどおりをなぞってくれたのだろう。普段は三人分のところ、今日は二人分しか並べられていないのは寂しかったが、それでもなるべくいつもと同じようにしてくれる心遣いが身に染《し》みる。穂澄のためにも早く問題を解決しなければ、と改めて思う。

台所のほうから穂澄が、お茶を載せた盆を持って現れる。

「あ、ちょうど出たねー。それじゃあ、冷めないうちに食べようか！」

空洞淵と自分の前に湯飲みを置いて、穂澄は定位置に座る。それに倣いつつ、空洞淵は妹のような少女に微笑《ほほえ》み掛けた。

「穂澄」

「ん？　なあに？」

「ありがとう」

　突然礼を言われた当人は訳がわからないという様子で目を丸くするが、すぐに微笑み返す。

「気にしないで！　ほら、おなか空《す》いちゃったから早く食べよう！」

　心まで温かくなりながら、空洞淵は出来立ての朝食を食べる。

　一晩中起きていたためか、身体は自分で思っている以上に消耗していたらしい。穂澄の手料理はいつにも増して美味《おい》しく感じられた。

　ようやく人心地《ひとごこち》がついたと食後のお茶を啜《すす》っていると、穂澄が控えめに尋ねてきた。

「それで……お姉ちゃんはどうなるの、かな……？」

「……わからない」

　湯飲みを卓袱台へ戻し、正直に答える。

「いずれにせよ僕は怪異に対してあまりにも無知だし、無力だ。誰かに協力を仰がないことには始まらないけど……」

　そう言って空洞淵はちらと居間の隅に置かれたものを見る。

　それは鞘《さや》に納められた白木拵《ごしら》えの日本刀——折れた霊刀〈御巫影断《かげたち》〉であった。念のためにと空洞淵が回収してきたものだが……ここまで盛大に真っ二つにされてはもう修繕も利《き》かないだろう。

つまり――仮に綺翠が目覚めたとしても、これまでと同じようには、もう活動できないことになる。

　空洞淵の視線からその心中を察したらしい穂澄は、悲しげに眉尻《まゆじり》を下げた。

「……その刀は、〈幽世〉ができたときから代々うちに受け継がれてきたもので、お母さんの形見でもあるの。御巫に生まれた〈破鬼の巫女〉は、霊刀を持つことで強い力を発揮できるんだけど……」

「霊刀を使わないと、綺翠は怪異を祓えないの？」

「ううん。霊力は十分あるから、普通の刀でも並の怪異なら問題なく祓えると思うけど……でも、できればもう、祓い屋は辞めてほしいな……」

　とてもつらそうに、穂澄は俯《うつむ》く。

　確かに元々の素質があるのだとしても、肝心の武器が弱くなってしまったら全体的な弱体化は避けられない。これまでは何ともなかったような怪異にも、今後は苦戦を強いられるかもしれない。それはつまり――その分、綺翠の身が危ぶまれることを意味する。

　穂澄が姉の身を案じて、祓い屋からの引退を願うのも無理はない。

「……問題は山積みか」

空洞淵はお茶の残りを一気に飲み干した。

「いずれにせよ、当面の目標は綺翠の目を覚まさせることだね。ひとまず僕は、金糸雀のところへ行って事情を説明してくるよ。きっと月詠絡《つくよみがら》みだから、彼女もまだ綺翠の件を知覚できていないだろうし。穂澄も来るかい？」

僅《わず》かに逡巡《しゅんじゅん》を見せてから、穂澄は首を振る。

「……うん。お兄ちゃんに付いていったら、金糸雀に泣きついちゃいそうだしやめとく。それにお姉ちゃんを一人にはしておけないし」

幼い頃から関わりの深い金糸雀は、穂澄にとって母親にも似た存在なのだろう。今、穂澄が心の底から甘えられるのは金糸雀だけだろうに……本当に強い子だ、と思う。

空洞淵は何も言わずに穂澄の頭を撫《な》でてから、立ち上がる。

「綺翠のこと、頼んだよ。あと槐《えんじゅ》にも声を掛けとくから、安心してね」

「ありがとう。お兄ちゃんも気をつけてね！」

穂澄の笑顔に見送られて、空洞淵は母屋《おもや》を出た。

境内には、薄らと雪が積もっていた。空は晴れ上がっていたが、昨夜あれだけの降雪があったのだからさもありなん、というところか。底冷えするような寒さに、空洞淵は一度大きく身震いをする。

きょろきょろと周囲を見回しながら境内を進むと、隅のほうに橙《だいだい》掛かった黄色の着物を纏《まと》った小さな人影がしゃがみ込んで何かをやっているのが見えた。歩み寄って声を掛ける。

「槐、おはよう」

「んあ？」

おかっぱ頭の人影――槐は、首だけで振り返る。

「なんじゃ、霧瑚《きりこ》か」

すぐに興味を失ったように、槐は視線を戻す。

こんな雪の中でいったい何をやっているのか。空洞淵は槐の手元を覗《のぞ》き込む。

見ると何やら、せっせと積もった雪を集めて、お椀《わん》をひっくり返したような形に固めていた。

「……何してるの？」

「見てわからぬか、無粋者め」呆《あき》れたように再び振り返る。「雪兎《ゆきうさぎ》を作っておるのだ」

改めてよく見ると、雪の塊には赤い木の実と緑の葉で目と耳が付けられていた。

「雪兎？　今さら雪なんて珍しくもないだろうに」

槐は元々遥《はる》か遠くの山奥に何十年も暮らしていた。雪など見飽きていると思うのだが。

「妾《わらわ》はそうでも、この街の連中には珍しかろう。二十日ばかりまえの初雪も、この辺りはちぃとも積もらん。山のほうはそれなりに積もっておったようじゃが」

確かに、少なくとも空洞淵が〈幽世〉へやって来てからここまで積もるのは初めてだった。この辺りは比較的暖かいためか、雪が降っても積もりにくいようだが、逆に街を少しでも離れたら普通に雪は積もるらしい。冬場に遠出をする機会があったら気をつけようと、空洞淵は頭の片隅に留める。

これ見よがしのため息を吐いてから、槐は立ち上がって大きく伸びをする。

「だから、せっかくなので穂澄や街の子らに見せてやろうと思うてな。年長者たる妾が、わざわざこうしてせっせと腕を振るっておるのじゃ。自慢ではないが、神の真似《まね》事《ごと》などをしていた頃は、雪が積もれば参拝者もおらんくなって大層暇でな。こうして雪兎や雪だるまを作っては、無聊《ぶりょう》を慰めていたものじゃ」

自慢げに胸を張るが、見た目が十歳前後の童女にしか見えないので威厳のようなものはあまり感じられない。

しかし、額に生えた二本の角が、槐がただの童女ではないことを如実《にょじつ》に示していた。

――鬼。

まつろわぬ神などとも呼ばれる、日本でもとりわけ長い歴史を持つ怪異。

人々の恐怖が具現化した存在であり、その力は天下無双。誰でも一度は、大きな金棒を持った暴力の化身とも言える鬼の絵を見たことがあるだろう。

槐は、〈幽世〉の中でも五指に入るほどの強大な力を持った怪異なのだが……恐れられて語られる伝承の存在とは少々異なり、彼女は極めて温厚で、人々に対して非常に友好的だ。

元々は、極楽街から遠く離れた深山幽谷の主をしていたのだが、ひょんなことから空洞淵と綺翠に懐《なつ》いて、斯様《かよう》にこの辺りに住み着いてしまったのだった。

この〈幽世〉の中でも最年長に近い怪異であるため、言葉遣いは尊大だが、意外と面倒見がよく、街の子どもたちにも人気が高い。見た目が子どものものなので、おそらく馴染《なじ》みやすいのだろう。

槐自身も満更ではなさそうなので、そんな子どもたちのために雪兎を作ってやろうとするのは実に彼女らしいと思う。

だが——今はそれどころではない。

空洞淵は手短に事情を説明する。

鬼の童女はさすがに驚いたように目を丸くして、なんと……、と呟《つぶや》いた。

「よもやそのような大事になっていたとは……。なるほど、雪遊びに興じている場合ではあるまい」

槐はまた自信満々に胸を張る。

「綺翠と穂澄のことならば妾に任せよ。何が来ようとも全力で守ってみせるぞ」

「ありがとう、助かるよ」

「他にも何かあれば妾に頼れ。綺翠もお主も、妾の大切な恩人じゃ」

それはとても心強い。正直、このあまりにも強大な怪異と友好的な関係を築けたことは大変な僥倖《ぎょうこう》だった。これで綺翠たちの身の安全が保障されたので、空洞淵は問題の解決に全力を注ぐことができる。

空洞淵は別れ際《ぎわ》にもう一度鬼の童女に礼を述べてから、朱色の鳥居を潜《くぐ》って長い石段を下り始めた。

2

人里から少し離れた深い森の奥に、その建物はひっそりと佇《たたず》んでいる。

物々しい石垣に囲まれた、瓦葺《かわらぶ》きの日本家屋。

〈大鵠庵《だいこくあん》〉――ここは〈国生みの賢者〉の住まう邸宅だ。

空洞淵が〈幽世〉へ連れて来られて最初にやって来たのもこの大鵠庵だ。あれがもう半年もまえのことだと考えると感慨深いものがある。

この辺りは森も深く、普通の人間では辿《たど》り着くことさえも困難であるらしく、空洞淵も最初は怖々とした足取りで綺翠の背中を追っていたものだが、いつしか慣れてこうして一人でも足を向けることができるようになっていた。

普段ならば、門の前にメイド服を着た深紅の髪の少女が立っているのだが――今日は初めて見る長身の若い男が立っていた。

一瞬、現代人である空洞淵にもなじみ深いスーツを着ているのかと思ったが、どうもそういうわけではないようだ。

後ろ裾が燕《つばめ》の尾のようになっている黒のジャケットに、白いシャツと白い蝶《ちょう》ネクタイ。ジャケットと同じ黒のパンツに足下は光沢のある黒の革靴。

カラスの羽根のような黒髪を丁寧に撫でつけ、目元には銀縁の丸眼鏡が光っている。

そしてその両手は、ご丁寧にも白い手袋で覆《おお》われていた――。

それは、どこに出しても恥ずかしくないような、まごうかたない執事であった。

状況がわからず面食らって立ち尽くしていると、男は腹部に手を添えて恭《うやうや》しくお辞儀をした。

「――ようこそお出《い》でくださいました、空洞淵様。御屋形様がお待ちでございます」

「あ……その、どうも……」

圧倒されながらも空洞淵は頭を下げる。

「ええと……失礼ですが、あなたは？」

「私は御屋形様の執事をさせていただいている者でございます。薊《あざみ》と――そうお呼びください」

男――薊は慇懃《いんぎん》に言って顔を上げる。並んで立つと、空洞淵よりも頭一つ分は背が高いのでどうしても見上げる形になってしまう。いつもの侍女――紅葉《もみじ》は逆に頭一つ分ほど小柄なので、そのせいもありどうにも落ち着かない。

「あの……ちなみに本日紅葉さんは……？」

「御屋形様がお待ちでございます。どうぞこちらへ」

有無を言わさず空洞淵は屋敷の中へ誘《いざな》われる。疑問が解消されることのないまま、しぶしぶと言われるままに付いていく。与えられた任務のみを忠実に実行する気質なのか、あるいは別の理由があるのかは定かでないが、どうにも壁のようなものを感じてしまう。

知り合いの祓魔師《ふつまし》である朱雀院なども同じくらい長身でぶっきらぼうだが、彼の場合は意外と話し好きなこともあり、あまり壁を感じることはない。

目の前を音もなく歩く男の真《ま》っ直《す》ぐに伸びた背中は、物理的な壁にも見えてくる。ただの人間が、賢者の執事などを務められるはずもないので、おそらくこの男もまた何らかの怪異なのだろう。

それはともかく、何とはなしに苦手なタイプだ、と思った。

薄暗い廊下を進み、いつものとおり金糸雀の部屋の前で足を止めたところで、薊は振り返って空洞淵を見た。

「――空洞淵様、恐れながら申し上げます。御屋形様は、この〈幽世〉の長たる大変高貴なお方でございます。本来であれば、おいそれと人前へそのお姿を現すことさえ憚《はばか》られるやんごとなき存在……。そのようなお方を、斯様に頻繁に訪ねられるとは、〈幽世〉に住まう民の一人として、御屋形様への敬いの心が足りていないのではないかと愚考いたします」

せいぜい一ヶ月に一度くらいの頻度なので、それほど頻繁に来ているつもりもなかったのだが……しかし、言われてみれば賢者と敬われるこの世界の最高責任者を訪ねる頻度として、月に一度というのは確かに些《いささ》か頻繁なのかもしれない。ならばどの程度が最適かと考えても、よくわからないが……。

いずれにせよこの真面目《まじめ》そうな執事は、空洞淵の行動をあまり快く思っていないらしい。ならば先ほどの反応も致し方ないと言えるが……そもそも必要があるから訪れている空洞淵としては、そのことを非難されたところで今さらどうすることもできない。

何と返すべきか、空洞淵が口ごもっていると——突然、目の前の襖《ふすま》が勢いよく開かれた。

「薊！　主《あるじ》さまに何と無礼な！」

小柄な体軀《たいく》に十二単《じゅうにひとえ》を纏《まと》った、金髪碧眼《へきがん》の少女が、眉を吊り上げて立っていた。

額に燦然《さんぜん》と輝く第三の目が何よりも特徴的な少女。

彼女こそ、〈幽世〉を作り出した張本人、〈国生みの賢者〉こと金糸雀その人である。

元々は人魚の肉を食べたことによって不老長寿を得た八百比丘尼《やおびくに》と呼ばれる、八百年以上を生きる怪異だったのだが、何らかの理由により第三の目を獲得し、その後、綺翠の祖先である御巫神社の初代巫女と協力することで、この〈幽世〉を現実世界から切り離すことに成功したらしい。

詳細なことは教えられていないので、空洞淵もぼんやりとしたことしか知らない。

だが、そんな空洞淵でも知っていることとして、金糸雀はとても温厚な存在であるということが挙げられる。

空洞淵が知る限り、金糸雀という少女はいつだってその顔に優しげな微笑みを湛《たた》えている。こうして怒りの感情を発露しているところを見るのは初めてだった。

それもどうやら空洞淵のために怒っているようで……どうしたものかと様子を窺ってしまう。

「――御屋形様」

薊は突如現れた主人に一礼してから、変わらず慇懃に告げる。

「私は空洞淵様に無礼を働いたわけではありません。ただ、〈幽世〉の民としての在り方を申し上げただけでございます」

金糸雀は両拳を固く握り、ますます声を荒らげる。

「それが無礼だと言うのです！　主さまは、わたくしにとっても〈幽世〉にとっても、この上なく重要な客人です！　今すぐに謝罪なさい！」

「客人であっても、相応の振る舞いが要求されるのは当然のことでございます。空洞淵様は、そのあたりの自覚が足りないようでいらしたので、恐れながら進言させていただいたまで。その上で空洞淵様に謝罪をするなど……かえって空洞淵様に失礼かと愚考いたします」

「……っ！」

本当に珍しく苛立《いらだ》たしげに息を呑んでから、金糸雀は頭に上った血を下ろすように深いため息を吐く。

「……とにかく下がりなさい。それと、あとでお話がありますのでそのつもりで」

「畏《かしこ》まりました。心よりお待ち申し上げております」

再び恭しく頭を下げてから、執事の男はまた足音もなく薄暗い廊下の闇《やみ》へと消えていった。金糸雀は頭痛を払うように頭を振った。

「……主さま、本当に申し訳ないことでございます。普段は忠実なよい子なのですが、わたくしのこととなると少々見境がなくなりまして……。偏《ひとえ》にわたくしの不徳のいたすところでございます」

「僕は気にしてないから、そちらも気にしないで」

頭《こうべ》を垂れようとする賢者を止める。

金糸雀は心底申し訳なさそうに口を曲げ、どうぞこちらへ、と空洞淵を室内へ招き入れた。

いつもと同じように、部屋にはすでに座布団と湯気の立ち上るお茶が用意されている。金糸雀の持つ〈千里眼〉で、空洞淵の到着を予期していたのだろう。

最初の頃は緊張したものだが、今ではすっかり慣れたふうに、空洞淵は座布団に腰を下ろす。

「ところで……紅葉は今日はいないの？」

ずっと気になっていたことを尋ねてみる。長い裾を引き摺《ず》りながら畳を進み、対面する座布団に座った金糸雀は神妙な顔で頷《うなず》いた。

「……はい。実は、近頃街で話題の〈死神〉にやられまして……今は眠っています」

まさか賢者の侍女まで狙《ねら》われたとは……これは思っていた以上に大事だ。

「そのご様子ですと……綺翠もやられたようでございますね」

聡明な賢者は、空洞淵の反応からすべてを察したようで、困ったように頬に手を当てた。

「……参りましたね。薊に調べさせたところ、朱雀院様と釈迦堂様も同様に死神に倒され、眠りに就いてしまっているようです。つまりこれで現状、〈幽世〉に祓い屋はいなくなってしまったことになります」

予想外の報告に面食らう。朱雀院たちまで敗れたとあっては、綺翠の感染怪異を誰も祓えないではないか。

「それは……かなりまずいのでは？」

「まずいですね。大いにまずいです。死神は、徹底してこちらの重要人物を狙っています。計画的にこちら側の戦力を削《そ》いでいると言えるでしょう。目的は不明ですが……月詠が関与していることは間違いありませんね」

そこで金糸雀は意識を切り替えるようにお茶を飲んだ。

「それよりも綺翠の件が気になります。もしよろしければ、そのときの状況をお話しいただけませんか？」

もちろん、と空洞淵は昨夜の出来事を覚えている限り事細かに語る。寝不足もあって普段よりも思考が覚束《おぼつか》ないが、それでもなんとか語り聞かせる。

金糸雀は、なるほど、と呟いて金糸の髪を手《て》遊《すさ》びのように弄《もてあそ》ぶ。

「……どうやら〈死神〉の正体が見えてきました。もちろん、動機その他は不明な点が多いですが」

まさかこれだけの情報で何かを摑《つか》んだのだろうか。

「見えてきたって……ひょっとして知り合いとか？」

「そう、ですね」賢者は曖昧《あいまい》に頷く。「確証はないのでまだお話しできませんが……おそらく。いずれにせよ、わたくしもその死神に直接会って確かめねばならないことがあります。主さまは、今夜もまた夜廻りをなさるおつもりだったのですよね？　わたくしも同行させていただきます」

　話していないはずなのに行動をすっかり読まれていた。

　空洞淵が一人で死神を探したところできることは何もなかったが、じっとしていることなどできなかった。それに話が通じそうな相手ではあったので、語りかければ何か得られるものがあるかもしれないという希望も捨て切れない。金糸雀の同行は願ってもないことだ。

　しかし、一抹の不安は残る。仮に……万が一にでも、金糸雀まで死神にやられてしまったら、どうなるのか……。

「主さまはわたくしの身を案じてくださっているのですよね」空洞淵の心を見透かしたように金糸雀は微笑んだ。「とても嬉《うれ》しゅうございますが……どうかご心配なく。何故《なぜ》なら、わたくしという存在はこの〈幽世〉と等しいものでございます。つまり、わたくしに何かあれば、この世界そのものが崩壊することと同義。死神とて、〈幽世〉に住まう怪異でございます。わたくしに危害を加えて、自らを危険に晒《さら》すような愚かな真似はしないでしょう」

「ちょ、ちょっと待って！」

一瞬聞き流しそうになった空洞淵だったが、慌《あわ》てて止める。

「今、さらりととんでもないこと言わなかった？　金糸雀に何かあったら世界が崩壊するって……本当？」

「本当でございます」

金糸雀は何でもないことのように言う。

「わたくしと運命を共にさせてしまうことは心苦しく思うのですが……。〈幽世〉という世界の構造上、それは致し方ないことなのでございます。しかし、どうかご安心を。わたくしは、不老不死の八百比丘尼ゆえ、〈幽世〉は永久不滅でございます」

確かに……それはそうなのだろう。

そうなのだろうが、だからといって素直に頷けるほど空洞淵も脳天気ではない。さりとて、今この件を追及したところで得られるものも少ないと判断して、空洞淵は話題を戻す。

「死神が金糸雀を手に掛ける可能性は低い、ということはわかったけど……。でも、綺翠たち祓い屋の動きを封じることは、結果的に〈幽世〉の存続を危うくするように思えるけど……そのあたりは何か考えがあるの？」

「目的を果たすまでの一時的な措置、と考えるのが妥当でしょう。悪さをしようとする怪異にとって、祓い屋というのはとても邪魔な存在ですから。同様に紅葉を襲ったことも、わたくしの動きを一部封じる意図があったのだと考えられます」

「なるほど……」空洞淵は腕組みをした。

問題はその目的の部分だけれども……今のところは情報が不足していて考察する段階にない。それよりも空洞淵にはもっと気になっていることがあった。

「死神が言ってたことなんだけど……。綺翠には剣の才能がないって……どういうこと？」

立ち入った内容だけに尋ねていいものかどうか迷っていたが……どうしても気になってしまったので敢えて尋ねる。

何故なら空洞淵には、綺翠に剣の才能がないなんて、とても信じられなかったから。

金糸雀は、苦い薬でも飲んだように僅かに顔をしかめた。

「――主さまには、綺翠はどのように見えますか？」

「どのように……？」空洞淵は脳裏に巫女の姿を思い浮かべた。「泰然自若としていて、博識で……あと、滅《め》茶《ちゃ》苦《く》茶《ちゃ》強い」

そうですね、と金糸雀は笑った。

「主さまにそう思っていただけて、あの子もきっと喜ぶでしょう。しかし――それらはいずれも本質ではございません。主さまが今挙げられた要素は、あの子が御巫の巫女という重責を果たすため、後天的に獲得したものなのです」

「後天的に……獲得？」

「はい。ですので、今現在街で言われているような『強い女』という印象は、あの子が努力してそう見えるように演じているだけなのでございます。本当の綺翠は――臆《おく》病《びょう》で怖がりな、どこにでもいる女の子に過ぎません」

　にわかには信じがたい。あの強固な人格が演じられたものだなんて……空洞淵はこれまで疑ったことすらなかった。それほどまでに、御巫綺翠という人格は完成されている。

「綺翠は元々、とても大人しくて引っ込み思案な子どもでした。三歳になるまで一言も言葉を発しなかったほど寡黙《かもく》で、両親は喋《しゃべ》れないのではと不安に思っていたようです。綺翠は〈破鬼の巫女〉となる責務を負っていましたから、三歳の誕生日を境に厳しい修行の日々が始まりました。本当は家の中で一人で本を読んでいるのが好きな子だったのに、毎日霊力を鍛えるため滝に打たれ、怪異と戦うための剣術を仕込まれました。綺翠の師は母親――つまり、先代の〈破鬼の巫女〉です。母なので、子の特性もよく理解していました。しかし、本当は戦いを好むような子ではないと知りつつも……〈幽世〉のため、心を鬼にして綺翠に厳しい稽古をつけていきました」

空洞淵は、何も言えずにただ唾《つば》を飲み込む。

今まで気にしたこともなかったけれども……考えてみればそれは自明のことだった。

綺翠は生まれながらにして、〈幽世〉を守る巫女となる宿命を背負っていた。そしてそれは当然、本来彼女が生まれ持った気質とは無関係に課されるものだ。

ならば――綺翠がその宿命を望まないまま背負わされていたとしても、何も不思議なことはない。

「綺翠も最初は痛かったりつらかったりしたら泣いていたようですが、あの子の母は、その弱さを許しませんでした。聡明だった綺翠は、すぐに自らの宿命を受け入れて、期待に応《こた》えるべく、母の前では決して泣かないようになりました。でも、心はそうすぐには変わりません。綺翠はよく、稽古が終わった後わたくしの元へ来て泣きました。痛かった、つらかった、もうこんなことしたくないと――わたくしの着物を、涙と鼻水でしとどに濡《ぬ》らしたのです。母の胸で泣くことの叶わない綺翠を、そして何より我が子の涙を受け止めてあげることの叶わない母を、とても不憫《ふびん》に思いましたが……〈幽世〉のためと、わたくしは綺翠の涙を受け止めました」

宿命のために、感情を殺してすれ違う親子――悲劇以外の何ものでもない。

「しかし、やがて穂澄が生まれたことで、綺翠はわたくしに泣きつくことも止めてしまいました。〈破鬼の巫女〉として、そして何より姉として、弱さを捨て去る覚悟を決めたのでしょう。それから綺翠はずっとあの調子です。すっかり可愛《かわい》げがなくなってしまって、わたくしとしては寂しい限りなのですが……」

残念そうに金糸雀は頬に手を添えて小首を傾《かし》げた。

大人しくしおらしい綺翠、というのは、今の綺翠しか知らない空洞淵には想像することもできなかったが、それもまた勝手な決めつけか、と反省する。

空洞淵の知る綺翠は、あくまでも空洞淵による一方的な認識に過ぎない。もしかしたらその認識さえ彼女に負荷を与えていたかもしれない、と思うと胸が痛くなる。たとえそれが綺翠の望んだ姿なのだとしても、彼女の本質を知ろうとしなかったのは空洞淵の怠慢だ。

——綺翠のことをもっとよく知りたい。

胸の奥底から、そんな欲求が湧き上がってくる。

「性格のほうは、そのように少しずつ変わっていったのですが……。しかし剣の腕だけは、相変わらずからきしでした」

金色の賢者は、過去を懐かしむように目を細めた。

「先にも申し上げたとおり、綺翠は元々とても大人しい子で、身体を動かすことも得意ではありませんでした。それでも、〈破鬼の巫女〉となるためには、剣術を修めなければなりません。先代も心を鬼にして、無理矢理綺翠に剣術を仕込んでいたわけですが……。これがまた、驚くほどに上達しなかったのです。わたくしも長年、〈破鬼の巫女〉の修行を見て参りましたが……歴代でもあれほど剣の才に恵まれなかった子は初めてでした」

「そんなに……？」

思わず目を丸くする。それこそ今の綺翠しか知らない空洞淵には、まったく想像できない。

そんなにです、と金糸雀は微笑んだ。

「綺翠も、自分に剣の才能がないことは薄々感じていたはず。しかし、宿命からは逃れられませんし、何より母の期待を裏切りたくなかったのでしょう。根が真面目なあの子は、非才を努力で補うことに決めました。寝る間も惜しんで剣を振り、その『型』を身体に覚え込ませたのです。どれほどの非才であっても、圧倒的な練習量によって神経を研ぎ澄ましていけば、剣を扱えるようになる——それが『型』です。わたくしは、あの子の努力を陰からずっと見守って参りました。夜の境内で一人、歯を食いしばって涙を堪えながら、愚直に剣を振るい続ける姿を……ずっと」

「綺翠の今の力は……そんな血の滲《にじ》むような努力の末に獲得したものだったんだね」

空洞淵は、畏《い》敬《けい》の念を抑えることができなかった。

拒否権すら与えられず押しつけられた責務を全うするために、苦手なことに取り組み続けた子ども時代の綺翠に、圧倒的な敬意を感じずにはいられない。

普段涼しげな顔で何でもそつなくこなす彼女は、そこに至るまであらゆる絶望を乗り越え、不断の努力を続けてきたのだ。

それを思うと……何だか胸がいっぱいになった。

「しかし……このあたりが潮時なのかもしれませんね」金色の賢者は、どこか寂しげに視線を遠くへ向ける。「〈幽世〉の秩序を守るという大義名分のために、御巫の子たちには長い間不自由を強いて参りました。恨まれても、仕方ないほどに。霊刀が破壊されてしまったことは、むしろ好機と見るべきなのかもしれません」

「でも、〈破鬼の巫女〉がいなくなったら、誰が〈幽世〉を守るんだい……？」

「それこそわたくしの役目となりましょう。むしろ、初めからそうすべきであったにもかかわらず、御巫の巫女に甘えてしまっていました。綺翠にも、謝らねばなりませんね」

　それは少々話が飛躍しているのではないか、と空洞淵は少し心配になった。今の話はあくまでも、剣の才能はなかったが弛《たゆ》まぬ努力のおかげで今の綺翠がある、というだけだ。そのことを金糸雀が気に病むのは、少なくとも今ではないように思う。

「――とにかくこの件は、綺翠が目を覚ますまで保留にしようよ。綺翠の意見も聞いてないのに、勝手に色々進めるわけにはいかない」

「そう、でございますね」控えめに、金糸雀は肯定する。「いずれにせよ、我々の最優先の目的は死神を止めることでございます。一旦《いったん》主さまは、神社へ戻ってお身体をお休めになってくださいませ。夜半にお迎えに上がります」

　結局、死神の正体を確定させるまではできることがない。

　綺翠のことは心配だったが、空洞淵は大人しく賢者の提案を受け入れた。

3

　金色の賢者には、早く帰って身体を休めろ、と言われたものの、このままでは綺翠のことが気になって休むに休めないと思った空洞淵は、いつもどおり〈伽藍堂《がらんどう》〉を開けることに決めた。

しかしながら、完徹状態での調剤となると多少の不安が残ったため、途中で知り合いの錬金術師――アヴィケンナ・カリオストロの家へ寄ることにした。以前、これからは好きなときにコーヒーを飲みに来てよい、と言われていたのを思い出したのだ。

アヴィケンナが住む家は、街外れの森の中にある。この辺りには結構雪が積もっていた。少なくとも昨夜の降雪だけではここまで積もらないはずなので、初雪のときからの蓄積があるのだろう。

足を取られないように気をつけながら、道なき道を進んでいく。

まだ午前中なので、夜型のアヴィケンナは果たして起きているだろうか――と思いながら洋館のドアを叩くと、幸いなことにすぐに錬金術師が現れた。どうやら徹夜明けだったらしい。アヴィケンナは、徹夜明け特有のハイテンションで空洞淵を迎え入れると、以前と同じように熱いコーヒーをご馳走《ちそう》してくれた。

コーヒーを飲みながら簡単に事情を説明すると、アヴィケンナは大層驚いた。

「なんと、綺翠嬢が……。そのようなことになっていたとは露知らず、安穏と日々を過ごしていたことを恥じ入るばかりだよ。ん？　私も気をつけろって？　この私を誰だと思っているのだ。〈神秘の探求者〉として名を馳せる天才錬金術師、アヴィケンナ・カリオストロだぞ。こんな寒い季節に不要不急の外出などするはずもなかろう。

おうち最高！　自慢ではないが見てのとおり不健康が服を着て歩いているようなものだからな。年が明けてすぐあたりに、一度街へミコトの様子を見に行ったのだが、そのときもうっかり風邪を引いてしまってな、それから一週間ほど寝込んでいたくらいさ。以来、ずっと引き籠もっているから何も問題はないよ！　え？　家に乗り込んできたら危ないって？　なあに、さしもの〈死神〉殿もこんな街外れまで錬金術師を襲いに来るほど暇ではあるまい。これもまた自慢ではないが、私はそれほど極楽街にとって価値のある人間でもないからね。ハッハッハ！」

　アヴィケンナは相変わらずの早口でそう言った。街からここまでの道のりに足跡一つなかったのでそんなことだろうとは思っていたけれども……今回はそれが幸いしたのかもしれない。

　しかし、アヴィケンナまで風邪を引いていたとは……。この冬の風邪はよほど質《たち》が悪いらしい。おまけに死神騒動まで重なって……不運は続くものだ。

　まあ、でも家から出ないのであれば、それほど心配する必要はないのかもしれない。

　ささやかな安心感を得つつ、空洞淵は早々に錬金術師の家を辞して、〈伽藍堂〉へ向かう。

　早朝から色々なことがあったが、結局店を開けるのはいつもより少し遅いくらいの時間になった。コーヒーのおかげで頭もすっきりしている。

気持ちを切り替えて、可能な限り普段どおりを心掛けて業務に臨む。

一時期よりは大分落ち着いてきた印象ではあったが、やはりインフルエンザ様の急性熱性疾患の患者は依然として多い。

近代医療に基づいたワクチンが存在しないこの世界では、こうした感染症の流行に神経を研ぎ澄ます必要がある。

一次予防が困難なためにどうしても後手に回らざるを得ないというのは、近代医療を学んだ医療従事者としてなかなかに歯痒《はがゆ》いものを感じる。

だが、幸いなことに今のところ、思ったほど感染症は広まっていないようだ。金糸雀が未知の力でみんなを守ってくれているのか、あるいはそもそも〈幽世〉という世界がそのようにできているのかは定かでないけれども。

空洞淵は、この世界で医療に携わることになってから、〈現世《うつしよ》〉にいたときには考えもしなかったことを色々と考えるようになった。

たとえば——医療の本質。

医療とは、自然の摂理に反した人の営みである。

生きとし生けるものは、すべて当然のこととして死ぬ。

古来、人は病などによってもたらされる死を神の災いと考え、神のご機嫌を伺うことで、死の回避を試みてきた。病の克服は、原初からの人の願いでもあったのだ。やがて植物などの自然物を摂取すると、一部の病による苦痛の一部を軽減できることが経験的にわかってきた。原始的な医療の誕生だ。

西洋でも東洋でも、それらは神秘主義と結びついてやがて迷走していくことになるのだが……それでも科学の発展に伴って、医療も科学として扱われるようになっていった。

科学とはすなわち、神の支配からの脱却だ。

神の御《み》業《わざ》とされてきた自然界のあらゆる現象は、観察により理解され、無機質な数式に落とし込まれていく。

言うなれば、神威の褫《ち》奪《だつ》。

絶対的な支配者であった旧世界の神を、人々は理性によって駆逐しようとしたのだ。

その結果、病気による人の死は激減し、人類はかつてないほどこの地球で繁栄した。

だがそれは当然、本来の自然の理《ことわり》に反する行いだ。地球資源が有限である以上、人の数もまた有限でなければならない。ところが、医療の発達によって人の死がある程度回避可能になり、本来死を迎えるはずだった人が生き延びて、地球上に人の数はどんどんと増えていく。

　このままではいずれ、土地も食糧もエネルギーも足りなくなる。そして本当にどうしようもなくなったら——残された数少ない資源の奪い合いに発展するだろう。極論を言ってしまえば、人を救うために病を克服しようとした人の営みによって、人々は滅びの道へと進もうとしていることになる。

　あるいは——それもまた自然の摂理なのか。

　神の支配から脱却した、というのは、人類の傲慢《ごうまん》でしかなく、結局神の手のひらの上で踊っているだけなのかもしれない。

　それが人類に定められた運命なのだとしたら——医療とはいったい何なのだろう？

　その本質的な答えは、空洞淵にもまだわかっていない。

　だが少なくとも、空洞淵がこの異世界で行っていることが、自然の摂理に反したものであることは間違いないだろう。

　〈神〉が実在するこの世界で、そのような不敬な行いを続けて……いずれ罰の一つも当たりそうな予感はあったが、せめてそれまでは、自分にできることを精一杯やろう、と思っている。

　たとえ、その果てに人類の滅亡を導くのだとしても……自分が救った誰かが、その危機的状況を救ってくれるに違いないと信じて。

――なるべく普段どおりを意識して粛々と業務に臨んでいた空洞淵だったのだが、数名の患者から、何か心配事でもあるのか、と聞かれてしまった。綺翠が倒れた一件は混乱を避けるため表には出していないので、直感的に空洞淵が普段と違う様子であることに気づいたのだろうけれども……。自分はもっと物事に動じない人間だと思っていただけに、戸惑うばかりだった。

下手なことを言って、街のみんなを心配させるわけにもいかなかったので、その場はどうにか取りつくろったが、いつまでもこの誤魔化しが通用するとも思えない。可及的速やかに死神の一件を解決に導かなければ、と決意を新たにする。

結局、普段どおり夕方まで仕事をして神社へ戻ると、眠りに就く綺翠の隣で、穂澄が眠っていた。

枕《まくら》代わりに膝《ひざ》を貸していたらしい槐は、空洞淵に気づくと何も言わず口元に人差し指を当てて見せた。小声で、ありがとう、と告げてから、空洞淵も客間の畳に腰を下ろす。穂澄の上には丹前が掛けられている。寒くないようにと、槐が掛けてくれたのだろう。

　槐は時折慈《いつく》しむように穂澄の艶《つや》やかな髪を撫でる。

「――実に愛《う》い子よな。姉のことが心配で昨晩は一睡もできなかったというのに、つい先ほどまで頑張って綺翠の様子をずっと見ておったのじゃ。まったく、まだ童《わらべ》なのじゃから、面倒事は大人に任せておけばよいものを」

「力になりたいんだよ。たった一人の血を分けた家族のために」

「お主もこの子の家族であろう」

「血の繋《つな》がりはないよ」

「血の繋がりなど、些《さ》末事《まつじ》じゃ。夫婦《めおと》なぞ皆他人同士じゃぞ。真に大切なのは心の繋がりじゃ」

「……至言だ」

「であろう」誇らしげに槐は胸を張った。「さあ、これ以上小言を言われたくなければ、お主もさっさと部屋へ戻って休め。どうせ今宵も夜廻りに出るのであろう？　身体を休めなかったばかりに怪我《けが》でもして穂澄を悲しませるようなことがあったら、妾が手ずからお主に熱い灸《きゅう》を据えてやるので、そのつもりでおれ」

　槐なりに気を遣ってくれたのだろう。ここは言われたとおり、部屋へ戻って休むのが最善であろう。再び礼を述べてから、空洞淵は自分の部屋へ戻る。

気力だけでこれまでやって来たが、朝に摂取したコーヒーのカフェインもとうに切れ、身体《からだ》は限界だった。若い頃は、もう少し体力があったような気もするが……三十歳を目前にした今はあまり無茶も利《き》かなくなってしまった。

試しに布団《ふとん》を敷いて横になってみたら、すぐに抗《あらが》いがたい睡魔に襲われ、そのまま空洞淵は速やかに意識を手放した。

4

草木も眠る丑三《うしみ》つ時《どき》——。

極楽街の目抜き通りには、三つの人影があった。

空洞淵と金糸雀、そして薊のものだ。長身の薊と、小柄な金糸雀、そしてちょうどその中間くらいの空洞淵と、意外と均整の取れた三人組である。

時間も時間ということで、周囲に人影はない。昨夜は降りしきっていた雪も今は止《や》み、まるで宇宙空間にいるかと錯覚するほどの美しい星空が広がっていた。

真冬のためか、夏よりも空が澄んで見える。新月の今日は、絶好の星見日和《びより》と言えそうだ。

そういえば、冬の夜空を改めて眺めたのはこの世界に来て初めてだと気づく。夏とはまた違った風情《ふぜい》があってとてもよいが、隣に綺翠がいない今は素直に楽しめない。

代わりに今、空洞淵の隣を歩いているのは、目にも鮮やかな薄桃色の振袖《ふりそで》を着た金髪碧眼の少女――。

「――？　どうかなさいましたか、主さま？」

金糸雀は不思議そうな顔で空洞淵を見上げた。まさか見とれていた、などとも言えず、平静を装《よそお》って、何でもないよ、と返す。

「ただその……金糸雀の振袖姿は初めて見るから新鮮だと思って」

「あら？　そうですか？」

金糸雀は立ち止まり、両腕を広げてその場でくるりと一度回る。地面に着きそうなほど長い袖が、ふわりと広がった。

「普段は外出の際も十二単のままなのですが……。今宵は動きやすいほうがよいかと思ってこちらを着て参りました。主さまにそう言っていただけるのであれば、着てきた甲斐《かい》もございますね」

とても嬉しそうに金糸雀は微笑《ほほえ》む。

自分の何十倍も長い時間を生きている存在であると頭では理解しているものの、花のような笑みを浮かべるその姿は、本当に年頃の少女そのもので、どぎまぎしてしまう。額に輝く第三の瞳《ひとみ》も、最初は正直不気味に思ったが、今ではすっかり慣れてむしろチャームポイントとすら思っている。

「――空洞淵様、僭越《せんえつ》ながら申し上げます」

空洞淵たちの前を提灯《ちょうちん》片手に歩いていた薊が、ちらと振り返って言う。

「御屋形様は、〈幽世《かくりよ》〉を統《す》べる偉大にして大変高貴なお方。そのような方を、斯様に軽々しく口説かれるというのは、日本男児として如何なものかと愚考いたします。巫女《みこ》様がお目覚めになられた際には是非ともご一報申し上げたく存じます」

「……勘弁してください」

空洞淵はげんなりする。決して疚《やま》しいことをしているつもりはないので胸を張っていればよいのかもしれないが、この男は根も葉もないことを声高に吹聴《ふいちょう》しそうな危うさがある。

金糸雀が深いため息を吐《つ》いた。

「……薊。あなたは一々主さまに突っかかりますね。何度も言ったとおり、主さまはわたくしの大切なお客様です。従者であるあなたの非礼は、主人であるわたくしの非礼。あなたは、わたくしに恥を掻《か》かせたいのですか？」

「とんでもないことでございます」

燕尾《えんび》服《ふく》の男は、慇懃に頭を下げてから、眼鏡の山《ブリッジ》を押し上げた。

「私はただ、御屋形様に色目を使う毒虫を制しているだけにございます。心に決めた御婦人がいるにもかかわらず、余所《よそ》の御婦人にも粉を掛けるような害虫を警戒するのは、従者として当然の務めにございます。御屋形様も密かに憂慮なさっておられるでしょう。空洞淵様の周囲には、妙に年頃の御婦人が多く見られると」

「それ、は……」

何か心当たりでもあったのか、金糸雀は珍しく口ごもる。

空洞淵としても、色々と思い当たることがあったため黙り込む。少なくとも、〈幽世〉へやって来てから、女性の知り合いが増えたことは揺るぎない事実である。

「なればこそ、斯様な軽薄の輩《やから》から主人の貞操を守るべく、私は無礼を承知で口うるさく進言させていただいている次第でございます。そもそも空洞淵様は――」

「ああもう！　何でもよいからそのよく動く口を閉じなさい！」

根負けしたように金糸雀はぞんざいに袖を振る。黒衣の執事は、ハイ、とだけ答えて主人の命令に従った。

空洞淵はこれまで、金糸雀の従者は紅葉しか見たことがなかったが、寡黙で従順な彼女とは真逆の存在だと、妙なところで感心してしまう。上手《うま》く均衡を取っているのかもしれない。

　空洞淵の前で少々取り乱したことを自覚したのか、わざとらしく咳《せき》払いをして、金糸雀は改めて空洞淵を見上げた。

「……とにかく、主さまは薊の言うことなどお気になさらず。英雄色を好む、という言葉もございます。たとえ主さまが複数の女性へ愛を向けられていたとしても、わたくしが主さまを思慕する気持ちに変わりはございません」

　万感の思いを込めるようにそう言って、賢者は腕を絡《から》めてくる。

　何だか酷《ひど》い誤解をされている気がするし、何より綺翠が意識を失っているときにこうして金糸雀と触れ合うことにどうしようもない後ろめたさを覚えてしまう。

　もっとも、空洞淵と綺翠は交際をしているわけでもないので、倫理的にも特段問題があるわけではないのだけれども。

「……あの、金糸雀？　少し歩きにくいんだけど……？」

「でも、こうして歩くと多少寒さも和らぎましょう？　わたくし、普段よりも薄着ですので、とても寒うございます」

「…………」

それは単に普段が厚着すぎるだけなのでは、とも思ったが、余計な言葉はすんでのところで飲み込んだ。女性のファッションに疎《うと》い空洞淵には意見をする権利などないのである。

寒いのならば仕方がない、と無理矢理自分を納得させて、金糸雀の好きなようにさせておく。せめて薊が、後々綺翠に余計なことを告げませんように、と祈るばかりだ。

そんなことを考えつつ、夜風の冷たさに身体を震わせたところで、前を歩いていた薊が不意にピタリと足を止めた。

提灯の薄ぼんやりとした明かりに照らされた先には、まだ何も見えていない。

しかし――。

「――御屋形様、出ました」

先ほどまでの神経質なものではない、重たい口調で薊は告げる。

そこで空洞淵も、いつの間にか周囲の空気が変わっていたことに気がついた。

昨夜と同様、何とはなしに本能的な忌避感を覚える不気味な気配が辺りに立ち込めている。

まるで、あの世とこの世の境界のよう――。

そのとき、チリン、と鈴の音が響いた。呼応するように、また右眼が痛む。

「――主さま、わたくしの陰に」

短い金糸雀の一言。言われるまま、空洞淵は一歩下がる。

チリン、チリンと、暗闇の奥から連続的に鈴が鳴り、そしてまたぼうと、白い貌《かお》が闇夜に浮かび上がった。

恐ろしく美しい黒衣の死神――。

空洞淵は右眼を押さえながら、魂を刈る怪異を睨《にら》む。

「やはり……あなたでしたか」

どこか悲しげな声色で呟《つぶや》いた金糸雀は、まるで警戒した様子も見せずに薊の前まで歩み出た。

対峙《たいじ》する死神もまた、見知った相手に会ったように姿勢を緩めた。

「――久方ぶりね、金糸雀」長い黒髪が氷のように冷たい風に揺れる。「あなたは、あの頃からまったく変わっていないわね。羨《うらや》ましい限りだわ」

「それが――わたくしの〈罰〉でございますから」

切なげな声で金糸雀は答えた。

どうやら予想どおり、死神と金糸雀には面識があるらしい。

いったいどういう関係なのだろうか、と様子を窺《うかが》う空洞淵に、金糸雀は渋い顔を向ける。

「……主さま。その、大変申し上げにくいのですが……。この者はわたくしの身内でございます」

「身内？」

「……はい」

金糸雀は一度言葉を切り、神妙な顔でそれを告げた。

「この者の名は――御巫綺淡《きたん》。わたくしとともにこの〈幽世〉を作った、御巫神社の初代巫女でございます」

5

空洞淵は最初、金糸雀の言っている言葉の意味が理解できなかった。

御巫神社の、初代巫女……？

右眼の痛みを堪《こら》えながら、それでも空洞淵は懸命に理解を試みる。

「で、でも……〈幽世〉を作ったのは、三百年近くもまえだと……」

「……はい」賢者は重々しく頷く。「当然、ただの人間が三百年も生きていられる道理はありません。今の彼女は……怪異化しております」

怪異化――つまり、すでに人ならざるモノになっているということか。

綺翠の遠い先祖なのだとしたら、雰囲気が綺翠に似ていることも頷ける。

だが、三百年間ずっと生きていたとして、何故今になって人前に姿を現したのか。

そして何よりも――何故、御巫神社の初代巫女が、人々に仇《あだ》なし魂などを刈っているのか。

さすがの金糸雀もそのあたりの事情まではわからないのか、死神――綺淡の反応をジッと待っている。

綺淡は、空洞淵たちへ感情の薄い瞳を向けながら、平坦《へいたん》な声で言った。

「怪異化している、という表現は正確ではありません。私は、人々の願いを受けて、自ら人であることを捨てたのです」

人であることを捨てた……？

胡乱《うろん》な表現に空洞淵は、右眼の痛みも忘れて眉を顰《ひそ》めた。

しかし、黒衣の死神はそれ以上の説明をする気がないようで、これで話は終《しま》いとばかりに、腰に帯びた小太刀を抜いた。

御巫神社に代々伝わる霊刀をいとも容易《たやす》く打ち砕いた恐るべき業物。

あれで斬《き》りつけられたら、さすがの金糸雀でもただでは済まないだろう。〈幽世〉存続のためには誰も金糸雀を傷つけることができない、ということだったが、今となっては、その仮定はむしろ不安材料にしかならない。

何故なら、相手が〈幽世〉を生み出した側の存在なのであれば、壊すこともまた厭わない可能性が否定できないためだ。

せめて何が目的かわかればよいのだが……今はそれも難しい。

今度こそ身を挺《てい》して金糸雀を守らなくては、と覚悟を決める空洞淵だったが、それよりも早く、燕尾服の執事が動いた。

「空洞淵様。邪魔なのでお下がりください。御屋形様は、念のため空洞淵様を盾に」

薊は音もなく金糸雀の前へ進み出て、死神と対峙する。

綺淡は薊を一瞥《いちべつ》すると、表情一つ変えることなく告げる。

「私の邪魔をしないのであれば、昔のよしみで今回は見逃してあげる。でも、もしそうじゃないのであれば……空洞淵様以外、容赦しないわよ」

「昔の男にまだ未練があるのですかな、元巫女様？」

執事の言葉が癇《かん》に障《さわ》ったのか、能面のように無表情だった綺淡の眉《まゆ》がピクリと動く。

「――死にたいのかしら、犬」

「とんでもないことでございます」薊は大仰に肩を竦《すく》めた。「ただ、〈幽世〉の守り手たる偉大な巫女様も、思いのほか俗っぽいのだと驚いただけにございます。巫女様とて一人の女。愛する男の温《ぬく》もりが忘れられなかったとて、誰があなたを責められ――」

皆まで言い終わらないうち、瞬《まばた》きもできないほどの刹那《せつな》、綺淡は薊に斬《き》りかかった。

だがその白刃《はくじん》は、執事の身体に届くことなく白手袋を嵌《は》めた指によって止められる。

空洞淵は自分の見たものが信じられなかった。まさか目にもとまらないほど素早い一刀を、指先で白刃《しらは》取りする者が存在するなんて。

それまでの無表情に微《かす》かな怒りを滲ませる死神。対する執事は、涼しげな顔で、眼鏡の位置を直した。

「温《ぬる》いですね。長き眠りのために腕が鈍りましたか？」

「……相変わらず口の減らない駄犬ね」

蹴りを繰り出す綺淡。漆黒の塗下駄が突き刺すように薊の水月《すいげつ》を狙う。当たったら無事では済まない鋭い一撃だったが、薊は刀を摑んでいた手を離し、すんでのところで一歩退いて躱《かわ》す。

一足一刀の間合い。

綺淡が相当な実力者であることは昨晩のうちに痛いほどわかっていたが、薊もまた賢者の従者をしているだけあって恐るべき力を秘めているのだと知る。

このままでは、確実にどちらかが取り返しの付かないことになる。空洞淵は心配になり、二人に聞こえないように小声で金糸雀に尋ねた。

「……何とか死神を止めることはできないかな」

「うーん……」難しい顔で賢者は眉を寄せる。「綺淡は、綺翠に輪を掛けて強情で自分を曲げない性格をしています。ちょっとやそっとでは、止められないでしょう。上手いこと薊が綺淡を無力化できればよいのですが……アレはアレで血の気が多くて性格も悪いため、何事もなく、というのは難しいかもしれません……」

つまりこの抗争状態を収めることは、極めて困難であるということか。空洞淵としても彼らのことをよく知らず、打開策などを検討することができない。

ただ現状を見守ることしかできないことに歯がゆさを覚えていたところで――。

――ふわりと、白い少女が舞い降りた。

一触即発の雰囲気で視線を交差させる死神と執事の間に、突如として黒衣を纏《まと》った闖入《ちんにゅう》者が現れる。

それまで何の気配も感じさせず、本当に突然空中から現れたような登場だったものだから、綺淡も薊も反射的に大きくその場から退いた。

二人の中間に立っているのは、豪奢《ごうしゃ》な漆黒のドレスを纏った少女だった。至るところにフリルがあしらわれた、所謂《いわゆる》ゴシックロリータと呼ばれる少女趣味の衣装だ。

闇夜《やみよ》に浮かぶのは、作り物めいた白磁の肌と、淡く煌《きら》めく碧羅《へきら》の瞳。

そして少女を彩《いろど》る何よりも特徴的なものは、肩で切り揃《そろ》えられた――白銀《しろがね》の髪。

「――双方、この場は私に免じて、矛を収めていただけないでしょうか」

幼さをはらみながらも、数百年を生きたような深みのある不思議な声。

およそ数ヶ月ぶりにその声が耳朶《じだ》を震わせた瞬間、空洞淵の心臓は一際《ひときわ》大きく拍動した。

「……月詠」

無意識に呟く。

そう。突如として空洞淵たちの前に現れたのは、近頃巷で起こっている様々な騒動の黒幕にして、空洞淵をこの〈幽世〉へ引きずり込んだ張本人である――銀《しろがね》　月詠だった。

さすがの金糸雀もこの状況は想定外だったようで、わずかに口を開いたまま固まっていたのだが、対する月詠方である綺淡もまた予想していなかったように切れ長の双《そう》眸《ぼう》をわずかに見開いていた。

　誰もがこの状況を受け止めきれない中、月詠だけは至極落ち着いた様子で、余裕すら滲ませながら空洞淵たちに一礼して見せた。

「お騒がせしてしまい申し訳ありませんでした。これにて我々は引きますので、姉《あね》様方もどうか今日のところはお引き取りくださいませ」

「――そう簡単にわたくしが引くと思いますか、月詠」

　誰よりも早く冷静さを取り戻した金糸雀が、血を分けた妹に向かって一歩進み出る。何故《なにゆえ》、〈幽世〉を混乱させるようなことばかりをするのか。金糸雀としては、是が非でもここで月詠を捕らえて、事情を聞き出したいところだろう。空洞淵だって、何《な》故《ぜ》自分をこの世界へ連れてきたのか教えてもらいたい。

　だが、当の〈白銀の愚者〉は、あくまでも涼しげな顔で答えた。

「姉様、どうかご無理はなさらないでください。月詠はすべてお見通しですよ」

　お見通し……？　いったい何の話だ。

　しかし、金糸雀は悔しげに顔をしかめるだけで、それ以上月詠に踏み込んではいかない。どうやら、二人の間だけで通じる何らかの事情があるようだ。

「御屋形様、如何いたしましょう？」

両手の白手袋の調子を確かめるように、今一度きっちりと嵌め直しながら薊は主人を窺う。

おそらく彼が本気を出せば、何かしらこれ以上の成果を得ることは可能なのだろう。言外に己の能力に対する絶対的な自信と、それ以上の主への忠誠が覗《のぞ》いている。

しばしの沈黙の後、金糸雀は深い息を吐いた。

「……致し方ありません。ここは一旦引きましょう。死神の正体がわかっただけでも十分な成果です」

「御意」

恭《うやうや》しく頭《こうべ》を垂れて、薊は引き下がる。意外なほどあっさりとした幕引きだった。

ところが、肝心の綺淡はまだこの采配に納得がいっていない様子で月詠に突っかかった。

「でも、まだ私たちの目的は――」

「綺淡様」

有無を言わさず、月詠は言葉を遮った。

「姉様たちが出張ってきた以上、目的は十分に果たされたと考えましょう。今は引くことが上策かと」

「――わかったわ」

心残りを見せつつも、綺淡は小太刀を納刀した。白木の鞘を見て、空洞淵は昨夜折られた霊刀を思い出し胸が痛くなった。

死神と〈白銀の愚者〉は、そのまま闇夜へ溶けるように消えていった。

死神は、去り際に一瞬だけ振り返って、何故か空洞淵へ名残惜しそうな視線を向けてきた。

第三章

過去

I

翌朝、空洞淵《うろぶち》は再び賢者の住む〈大鵠庵《だいこくあん》〉を目指して、一人森の中を歩いていた。

早朝の森は凍りついたように冷たく静かだ。鳥獣の声すら聞こえないほぼ完全な静寂。耳朶《じだ》を震わせるのは、ザクリ、ザクリと霜柱を踏みしめて歩みを進める自分の足音のみ。

立春はとうに過ぎているものの、春の訪れを肌で感じられるのはまだ当分先になりそうだ。実際、年間を通してこの時期が一番冷え込む。

空洞淵は襟元《えりもと》を合わせて、気持ち早めに足を動かす。この辺りは森が深いため地面まで雪が降り積もっておらず比較的歩きやすい。

霜柱を踏む心地よい感触は、自然と思考を清澄《せいちょう》にしてくれる。

考える時間だけはたっぷりある空洞淵は、一度白い息を吐いてから、思考を巡らせる。

　昨夜、死神と月詠《つくよみ》が立ち去った後、空洞淵も金糸雀《カナリヤ》に見送られる形ですぐに神社へ帰った。本当は聞きたいことが色々あったのだが、夜も更《ふ》け、また話も長くなるということで、詳細は翌日へ持ち越すことになったのだ。

　空洞淵としても寝不足の頭で理解するには少々事情が込み入っていそうな気がしたので、大人しく金糸雀の提案を受け入れた。

　神社へ戻ると、母屋《おもや》では綺翠《きすい》と穂澄《ほずみ》と槐《えんじゅ》が三人で身を寄せ合って一つの布団で眠っていた。護衛のはずの槐まで眠りこけてしまっている現状は少々不用心かとも思うが、目的を果たした様子の死神がわざわざ今になって神社を襲いにくることもあるまいと思い直し、そのまま寝かせておくことにした。

　空洞淵は穂澄たちを起こさないよう、音を立てずにそっと畳に腰を下ろす。

　手燭《てしょく》の明かりに照らされた綺翠の寝顔をしばし眺める。

　以前、一度だけ空洞淵は綺翠の寝顔を見たことがあった。二人で神籠村《かみごもむら》へ赴いたときのこと。あのときも綺翠はまるで死んだように眠っていて、空洞淵は少しひやりとしたものだ。

　整った顔には、何の表情も浮かんでいない。本当にただ眠っているだけのように見える。今にも、以前と同じように突然むくりと起き上がってきそうだ。魂を刈られて昏睡《こんすい》状態になっているとは、とても思えない。

不意に胸が締めつけられるように苦しくなった。鼓動が早まり、呼吸も浅くなる。

綺翠と言葉が交わせなくなってしまったことを悲しんでいるのか。

それとも綺翠を守れなかった自分の無力を嘆いているのか。

はたまたまったく異なる別の理由か——。

空洞淵は自分の胸に渦巻いている感情の正体を摑《つか》みかねていた。

自分はもっと論理的な人間であると思っていたのだが……まさか自分の中に、理屈で説明できない感情が湧《わ》くとは。

こんなことならば、もう少し子ども時代に情緒を育《はぐく》んでおくべきだった。

あるいは、〈幽世《かくりよ》〉へ来て様々な体験をするうちに、自分自身が変わってきたのか。

それが成長なのか、それとも弱くなっているだけなのかはわからない。

ただ、他人のことを思うだけで、ここまで不安になるというのは、結構深刻であるように感じる。

半ば無意識に、空洞淵は眠る綺翠の頰へ手を伸ばす。指先が触れた瞬間、生者のものとは思えない冷え切った感触が伝わってきて、空洞淵は、胸に針を刺されたような痛みに襲われる。堪《こら》えきれず、そのまま逃げるように自室へ戻った。

着替えもせずに冷たい布団《ふとん》に潜り込む。

これ以上熱を奪われないよう、身体《からだ》を丸めて震えていたら、いつの間にか眠っていた。

夢は見なかった。

朝になったら自然と目が覚めた。まだ幾分寝不足ではあったが、昨日よりはずっとましだった。穂澄たちと朝食を摂《と》ってから、昨夜の金糸雀との約束のため、早々に神社をあとにしたのだった——。

昨日と同様、〈大鵠庵〉の前には、例の執事が待っていた。見えない天井から糸で吊《つ》られているかのように、ピンと背筋を伸ばしている。猫背気味の空洞淵とは対照的だ。

「——これはこれは空洞淵様。お遅いご到着でございますね。御屋形様をお待たせするとは何様のつもりでございましょう。まったく度し難い不心得者でございますね」

「…………」

今日も朝から絶好調のようだった。別に時間の指定などはされていないし、元より空洞淵がいつ着くかなどは、金糸雀の〈千里眼〉をもってすればとうにお見通しであるはずなので、これは単に空洞淵への不満を皮肉として口にしているだけなのだろう。

金糸雀の従者である彼が空洞淵の存在を面白くないと感じるのは至極当然だと思ったので、空洞淵も特に反論はせずに聞き流した。病院勤務時代、医師や患者からのクレームを日々やり過ごしていたことに比べればこの程度なら可《か》愛《わい》いものである。

薊《あざみ》もまた、空洞淵に皮肉を言っても暖簾《のれん》に腕押しと思ったのか、これ見よがしにため息を吐くと、まさに不承不承といった様子で、どうぞこちらへ、と空洞淵を金糸雀の部屋まで案内した。

金糸雀の部屋はいつもどおりとても広く、そして薄暗い。

しかし、その中にあっても金糸雀の長い髪は、美しく黄金色の輝きを放っていた。

「――主《あるじ》さま。ようこそお出《い》でくださいました」

この金色《こんじき》の賢者は、初めて会った瞬間から空洞淵のことを『主さま』と呼んでいる。どうやらかつて金糸雀が慕った誰かに、空洞淵が似ているためらしい。彼女が是非にというものだから、空洞淵もそのままその呼び方を受け入れている次第であるが……この世界でもっとも偉大な怪異である金糸雀にそう呼ばれるのは、少しだけ気まずくも思っていた。

「……おはよう、金糸雀」

気まずさを誤魔化すように、いつもの調子で挨拶《あいさつ》をして空洞淵は彼女の前に腰を下ろした。当たり前のように事前に用意されていた熱いお茶を啜《すす》ると、寒空の下を歩いて冷え切った身体がじんわりと熱で解《ほど》けていくように感じた。

ふう、と一息吐いて空洞淵は早速本題に入る。

「死神は——いや、綺《き》淡《たん》さんは、三百年も昔の人のはずなのに、どうして今この世界に現れたの？」

「理由までは、まだわたくしにもわかりません」賢者は小さく首を振った。「ただ、綺淡が今も生きていることにつきましては……お話ししておかなければならない事情がございます」

金糸雀は過去を振り返るように視線を一度遠くへ向ける。額に輝く第三の瞳《ひとみ》が、どこか憂《うれ》いを帯びているように見えた。

「——主さまは、この〈幽世〉へやって来られたとき、疑問を抱かれませんでしたか？」

「何に？」

「この世界に、医療が存在しないことに」

空洞淵は思わず目を見開く。

確かにそれは、かなり初期の頃、疑問に感じていたことだ。

薬処〈伽藍堂《がらんどう》〉が、唯一《ゆいいつ》の公的な医療機関であるというのは、冷静に考えるとかなりおかしい。

〈幽世〉が、〈現世〉から分かたれたのは、今から三百年ほど昔のことだという。それから今日《こんにち》に至るまでの長きにわたって、医療がまったく発展しないことなど本当にあり得るのだろうか。

　実際に可能性として、なくはないのだろう。

〈幽世〉は、金糸雀によって作られた世界であるため、所謂《いわゆる》〈外敵〉が存在しない。ここは人と怪異が共に暮らす楽園と言い換えてもいい。

　そんなガラパゴス化してしまった世界だからこそ、文化観もほとんど江戸時代の延長だ。異文化もほとんど流入しないため、機械による産業革命なども起こりえない。

　そういった意味で、ここは〈変わらない世界〉であるとも言える。

　ならば、医療面でも大きな発展がなかった、と考えるのはそれほど不自然なことではないのかもしれない。

　だが、江戸時代といえば、日本漢方の絶頂期だ。絶頂期であったがために増長し、その果てに日本漢方は西洋のエビデンスに則《のっと》った近代医療によって駆逐されてしまったわけだけれども……それでも漢方の基礎は当然の如《ごと》く芽吹いていたはずなのだ。

実際、吉益東洞《よしますとうどう》、尾台榕堂《おだいようどう》、浅田宗伯《あさだそうはく》といった現代まで語り継がれる偉大な漢方家が江戸時代には大勢いた。

だから、当時現実世界から分かたれた〈幽世〉にだって、漢方知識を持った人が少しはいたはずなのだ。

にもかかわらず、空洞淵がやって来た今の〈幽世〉には、そういった医療の知識がほとんど存在していない。

人の営みと医療は、本来不可分であるはずなのに――何故《なぜ》。

「その疑問の答えは、〈幽世〉そのものにあります」

金糸雀は、姿勢を改めて言った。

「〈幽世〉には――〈病に罹りにくい〉という感染怪異が存在するのです」

病に罹《かか》りにくい……感染怪異……？

意味がわからず、空洞淵は眉間《みけん》に皺《しわ》を寄せてしまう。

「少し……昔話をいたしましょう」

視線を遠くへやり、賢者は語り始めた。

「現実世界から〈幽世〉を切り離してしばらくした頃……〈幽世〉では、原因不明の病が流行しました。動けないほどの高熱と、肺が破れて血を吐くほどの咳《せき》に襲われ、やがて骸《むくろ》となる——恐ろしい病でした。しかもその病は、人から人へと伝播《でんぱ》し、瞬《また》く間に〈幽世〉中に広がっていきました」

インフルエンザ様の急性熱性感染症だろうか。三百年まえと言ったら、江戸時代中期だ。その頃ならば、世界でもすでに数回の局地的なインフルエンザ様急性熱性疾患のパンデミックが発生していた可能性が示唆されている。

生物が存在する以上、ウィルスや細菌の存在もまた必然であるため、〈幽世〉でそれが起こったとしても何も不思議はない。

「わたくしと、当時の巫女であった綺淡はこの事態を大いに憂慮しました。このままでは、せっかく人々の楽園として〈幽世〉を作ったというのに、肝心の人々が死に絶えてしまうかもしれません。そこで綺淡は……ある決断をいたしました」

金糸雀はつらそうに目を伏せた。

「綺淡は……自らが人柱となることで、疫病《えきびょう》を封じ込めることにしたのです」

「人柱……？」

はい、と重々しく賢者は頷《うなず》く。

「疫病神、とでも言い換えましょうか。綺淡は感染怪異を利用して、〈幽世〉におけるあらゆる疫病そのものとなることで、人々を救おうと考えたのです」

　一瞬、意味がわからなかったが、すぐにその崇高な精神を理解して鳥肌が立った。

「つまり……〈自身があらゆる疫病の原因である〉故に〈彼女自身が封じられれば病は広がらない〉という新たな感染怪異を生み出すことで、当時流行していた感染症を上書きしてしまったと……？」

「そのとおりです。綺淡は、街外れにある洞窟《どうくつ》に自らを封印しました。そして、〈幽世〉の人々は、彼女が生きている限り〈病に罹りにくい〉という特性を得たのです」

　病そのものが起こりにくければ、当然医療はどんどん衰退していくだろう。今の〈幽世〉で医療が発達していないことも、ある意味においては当然と言えるかもしれない。

「じゃあ、綺淡さんの封印を解いたのは……？」

「十中八九、月詠でしょう」神妙に金糸雀は続ける。「そして綺淡には、綺翠と同様の現実改変能力が存在します。これは何でも自在に改変できるという万能の力ではなく、あくまでも現実に沿った形での改変しかできないものですが……。おそらく死神として人々の魂を刈っているのも、その能力を悪用しての行いかと思います」

　刀を振るうことで怪異を祓《はら》う綺翠とは反対に、刀を振るうことで怪異を付与していた、ということか。

「でも、それならどうして綺翠は真っ先にその可能性を考えなかったんだろう？」

綺翠は聡明だ。この程度のこと、彼女がまったく考慮しなかったはずがない。

「綺翠は綺淡が疫病神となったいきさつを知りません」賢者はあっさりと答えを告げる。「綺翠だけではなく、今や〈幽世〉に住む人は誰も知らないでしょう。一部の根源怪異が知っているくらいです。御巫《みかなぎ》神社の初代巫女が疫病神になった、なんて、あまり吹聴《ふいちょう》することではありませんし、綺淡もまたそれが広まることを望んでいませんでしたから」

たとえ当時はみんながそれを知っていたとしても、三百年という永きを経れば忘れ去られてしまう。まして積極的に後世へ伝えていこうとしなければ、百年も保《も》たないだろう。

「でも、それが感染怪異なら、誰にも知られなくなってしまったらその効果もなくなってしまう気がするけど……？」

「……まさにおっしゃるとおりです」

金糸雀は小さく息を吐いた。

「感染怪異の強さは、それを認知する人の数によって決まります。主さまが関わった

〈神籠村〉の神があれほど強大であったのは、まさに村人全員の信仰が集まっていたからに他なりません。しかし月日が経てば、その事実を知るものも徐々に減っていきます。そのため、せっかくの感染怪異も年々弱まっていき、神籠村の一件からもわかるとおり、現在ではほとんど〈現世〉と変わらない程度に、〈幽世〉の人々も病に罹るようになりました。それでも近年までその効果が持続していたのは、偏《ひとえ》に綺淡の強力な自己認識のおかげなのです」

以前、釈迦《しゃか》堂《どう》に聞かされた話を思い出す。

感染怪異は基本的に人々の認知によって生み出されるが、修行僧などがごく稀《まれ》に強力な自己認識によって自己改変を行う例があるのだと。

綺淡が、疫病神であり続け、〈幽世〉の人々を病から守ろうと強く願っていたためにその効果が近年まで持続していた、と言われれば納得してしまう。綺翠のご先祖様であることを思えば、何も不自然なことはないだろう。

そこでふとした疑問が湧き起こる。

「あれ？　でも、綺淡さんが疫病神になったのなら、御巫の血筋はそこで絶えてることにならない？」

「いえ、当時綺淡には三歳になる娘がいましたから……。綺淡も子孫がちゃんと残せていたために、その身を犠牲にしたのです」

「…………」

思わず絶句する。綺淡はどう見ても綺翠と同じくらいの年齢に思えたのだから仕方がない。確かに二十歳前後ならばもう子どもがいてもおかしくはないし、まして三百年もまえならば十代で出産することも珍しくなかっただろう。

ただ空洞淵がこれまで生きてきた現代日本では、二十歳前後の出産でさえ比較的珍しいものになりつつあるため、綺淡に子供がいるとは考えられなかった。

空洞淵の感覚では、二十歳の綺翠は若すぎる。

逸《そ》れ掛けた思考を戻すように、空洞淵は一度咳払いをする。

「……とにかく、綺淡さんが〈幽世〉に住む人々のために疫病神となった経緯は理解できたけど……。それならなおさらどうして今は、街の人に害を為《な》しているんだろう」

自分のことを忘れてただ安穏と暮らしている現代の人々への復讐《ふくしゅう》、などという俗な理由ではないと思う。綺翠のご先祖様であることを考えれば、何らかの目的があって、強い意志の下、それを行っていると考えるのが妥当だろう。

人々の魂を刈る理由——さすがに漠然としすぎていて空洞淵には何も思い浮かばな

い。

　しかしそれは金糸雀も同じらしく、困ったように頬に手を添えて首を傾げた。

「そのことが、わたくしもずっと気に掛かっているのでございます。綺淡のことは、よく知っているつもりなので……尚《なお》のこと、何故そのようなことをしているのかがわからないのです。彼女は、わたくしの恩人でもあるので……」

　過去に何かがあったようだけれども……今は踏み込むべきではないと感じたので、別の話題を振る。

「――そういえば、気になったことがあるんだけど」

「なんでございましょう？」

「綺淡さんを見たとき、どうしようもなく右眼が痛んだんだけど……何か関係あるのかな？」

　何気ない世間話のつもりだったが、金糸雀は驚いたように双眸《そうぼう》を丸くした。額の第三の瞳も、妖《あや》しく煌《きら》めく。

　しかし、すぐにいつもの落ち着いた調子に戻ると、優しい声で金糸雀は尋ねた。

「主さまは……ご自身の右眼のことをどのように認識しておられますか」

「どのように認識……？」

急にそんなことを言われても、すぐに答えは出てこない。

空洞淵は軽く右まぶたに触れて答える。

「生まれつきよく見えない、ってことくらいだけど……」

そう、空洞淵は生まれたときから右眼の視力をほとんど持たない。

まったくの暗闇というわけではなく、ぼんやりとは見えている。しかし、眼鏡などの矯正器具を使用しても視力が向上することはない。父や祖父もまたそうであったらしいので、遺伝的なもののようだ、という程度に考えていた。

左眼はまったく問題ない上に、ぼんやりとでも右眼が見えるおかげで立体視も可能だったため日常生活で苦労することはなく、これまでは誰にもそれを知られることなく生きてきた。

〈幽世〉へやって来てすぐ、何故《なぜ》か綺翠には見抜かれてしまったけれども――。

「――詳細を語ることはできませんが、主さまの右眼にはある種の呪《のろ》いが掛かっているのです。そしてその呪いの成因に綺淡が関わっているため……彼女の存在を感知したり、あるいは想起したとき、呪いに呼応して右眼が痛んでいるのだと思います」

おまえの右眼は呪われている、と突然言われてもまるでピンとは来なかったけれども……これまで得ていた情報から、一つの仮説が生まれた。

「……ひょっとして、僕の先祖もまた〈幽世〉の成り立ちに関与してるのかな？」

その言葉に、金糸雀はまた目を丸くした。

「――どうして、そのように思われたのでございましょう？」

「最初、疑問に思ったのは……〈伽藍堂〉の存在だよ」

空洞淵は、頭の中で思考を整理しながら答える。

「伽藍堂は、空洞淵の家が代々営んでいる薬処《くすりどころ》の屋号だ。それが何故、位相のずれた異世界である〈幽世〉に、薬処として存在しているのか。ずっと不思議だったんだ」

伽藍堂という屋号自体は、ありきたりとまでは言わないにせよ、そこまで珍しいわけでもないため、同名の店舗が存在する可能性くらいはあるだろう。だが、それが〈幽世〉に唯一存在する薬処ならば……話は変わってくる。

「偶然としてはできすぎている事象に、何かの運命を感じずにはいられなかったけど……そもそも、成り立ちに僕の先祖が関わっているとしたら、こちらの世界に伽藍堂が存在しても不思議はないよね。他にも、〈国生みの賢者〉であるきみが、ただの〈現世人《うつしよびと》〉であるはずの僕を『主さま』なんて呼ぶ理由も――きみと僕の先祖の間に何らかの関係があったと想像する切っ掛けにはなったかな」

金糸雀はしばしば何も答えずに空洞淵を見つめていたが、すぐに諦《あきら》めたように目を伏せて感嘆の息を漏らす。

「――さすがですね。まさしく、主さまのおっしゃるとおりでございます」

賢者は、どこか熱の籠《こ》もった視線を空洞淵へ向けた。

「わたくしは……主さまのご先祖様に当たる方に、大変お世話になりました。それこそ命の恩人と言っても差し支えないほどに。主さまは、その方にとてもよく似ていらっしゃるので、わたくしは思慕を込めて、当時と同じように『主さま』とお呼びしているのでございます」

空洞淵が〈幽世〉へやって来たときから、金糸雀は親身に接してくれていた。ずっとそれが不思議だったが、ようやくその理由がわかって嬉《うれ》しくなった。

まったく知らない遠い先祖だが、今の自分と同じように、人ならざる存在である金糸雀と仲良くできていたのだとしたら……少し誇らしい気持ちになる。

しかし……思慕を込めて、ということは、金糸雀はご先祖様を好いていたのだろうか。正直気にならないと言えば嘘《うそ》になるが、それは部外者である空洞淵が立ち入ってよい領域ではなさそうな気がしたので、今は気にしないことにした。

右眼の痛みの理由がわかったのだから、それでよしとすべきだろう。

とにかく――と金糸雀は話題を戻した。

「わたくしは当時のことをずっと悔いておりました。綺淡を犠牲にせずとも、もっとよい解決策があったのではないかと……。この一件もあり、わたくしは御巫として生まれた子どもたちに必要以上に肩入れをするようになりました。もちろん、可愛さあってのことではございますが……そのせいもあり、少々過干渉であったやもしれません」

確かに、特別な才能を持って生まれてくるとはいえ、あくまでも人間である御巫の子どもたちと、人と異なる理《ことわり》で生きる怪異である金糸雀が必要以上に関わりを深くするのは、人格形成などに悪影響を与えてしまう可能性があり、あまりよろしくはないのかもしれない。

でも――。

「でも、綺翠も穂澄もいい子に育ってるよ。それは絶対に金糸雀のおかげだ。あの子たちだって、きみのことが大好きなんだから……今さらきみが、彼女たちとの関係について悩む必要なんてないんじゃないかな」

「……主さま」

金糸雀は、潤《うる》んだ双眸で空洞淵を見た。

まるで不安で泣いていた幼い迷い子が、親の姿を見つけたときのような、安堵《あんど》の表情。

　それは空洞淵が〈幽世〉へやって来てから初めて見た、金糸雀の素顔のような気がした。

　すべてを見通す〈千里眼〉を持つ彼女は、いつも達観したように落ち着いて見えるけれども……案外、空洞淵たちと同じように日常の色々なことに悩んでいるのかもしれない。もしそうなのだとしたら、何か彼女の役に立ちたいと思う。

　差し当たっては——やはり、この死神騒動か。

　専門家ではない空洞淵にどこまでできるかはわからないけれども、綺翠が眠ってしまった今、この状況を動かすならば空洞淵が知恵を働かせるしかない。

　熱いお茶を一気に飲み干して、空洞淵は立ち上がった。

「とりあえず、僕もできる範囲で情報収集をしてみるよ。何か突破口が見つかるかもしれない」

「そう、でございますね。わたくしも、色々調べてみます。何かわかったら、すぐに薊を参らせますが、何とぞご容赦くださいませ」

　薊がまた空洞淵に無礼を働くことを危惧《きぐ》しているのだろう。空洞淵は気にしないのだけど。

申し訳なさそうに言う金糸雀に微笑《ほほえ》み掛けて、空洞淵は賢者の部屋を出た。

2

賢者の家を出たあとは、いつもどおり店を開ける。

金糸雀の話を聞いたあとだと、この世界の医療を一手に引き受けていることに運命のようなものを感じてしまい、これまで以上に強い責任感と使命感が湧いてくる。

ただそれと同時に一つだけ、新たに気になることがある。

空洞淵がこの世界へやって来て、薬処を営むことはある種の運命だったとしよう。だとしたら……空洞淵がこの世界を去った後は、〈幽世〉の医療はどうなってしまうのだろうか。

今は行方を眩《くら》ませている伽藍堂店主の燈《あかり》先生が戻ってきてくれるのであれば、何も問題ないのだけれども……。彼女は月詠との繋《つな》がりが疑われているので、どこまで信用していいのかわからないところがある。噂《うわさ》で聞いた限りでは、わりといい人のようだが……。

――一つだけ、燈先生を頼りにすることなく、〈幽世〉の医療を当面の間持続させる方法があるのだけれども……。

そこまで考えて、空洞淵は思考を中断した。

それは今考えるべきではない。まずは、綺翠をどうにか復活させることが先決だろう。

店は開けていたが、幸いなことに今は患者も来ていない。空洞淵は、すっかり溜《た》まってしまった調剤の仕事に戻る。

久方ぶりに一人で落ち着いて作業に勤《いそ》しんでいた空洞淵だったが――。

「先生！　いるかい？」

突然、戸が勢いよく開かれた。少し驚いて視線を向けると、真冬にもかかわらず腹掛けに股《もも》引き法被という涼しげな格好をした無精髭《ひげ》の若い男が立っていた。

「福助《ふくすけ》さんか、久しぶり」

顔見知りが現れたので、空洞淵は顔を綻《ほころ》ばせた。

「その後、調子はどうだい？」

「もうバッチリでさあ！」福助は元気いっぱいに腕を曲げ、袖に隠れた力こぶを叩いて見せる。「先生と巫女様のおかげですっかり元どおりよ！」

以前、感染怪異で死にかけていた福助を、綺翠と空洞淵で救った縁がある。色々あって職に就けないでいたが、その後、金糸雀の口利《き》きによって人力車夫を始めたという話を聞いていた。

「今日はどうしたの？　風邪でも引いた？」

暢気《のんき》に尋ねるが、福助はすぐに焦《あせ》ったように答える。

「いやさ、先生！　それどころじゃねえんでさあ！」

あまりの勢いに空洞淵はたじろぐ。

「穏やかじゃなさそうだけど……何事？」

「実はさっき、街に死神が現れたんだよ！」

予想外の言葉に空洞淵は目を丸くする。

「こんな日の高い時間に？」

「詳しいことは俺もよくわからねえんだけど、とにかくすぐに先生を呼びに行けってみんなが言うもんで！」

「……僕は怪異の専門家じゃなくて、一介の薬師《くすし》なんだけど」

「でも街じゃ、先生に相談すれば怪異絡《がら》みでも何とかしてくれるって評判だぜ？」

「…………」

よからぬ噂が立っているらしい。このまま放っておいたらよくない新規の感染怪異が生み出されそうな気がする。近いうちに何かしらの対応を取らなければならない、と決意を新たにする。

　だが、死神が現れたとあっては、空洞淵もそれを放っておくことはできない。何ができるとも思えないが、一応顔見知りではあるので、話くらいはできるだろう。

　空洞淵は福助に促されるまま、彼の人力車に乗り込み、大急ぎで街へ向かう。健脚の福助が操る人力車は、下手をすると空洞淵が全力で走るよりも速く進んでいく。切り裂くような冷たい風に顔をしかめながら、空洞淵は振り落とされないよう強く手すりに摑まる。

　すぐに目的地に到着した。そこは以前にも訪れたことのある、綺翠のお気に入りである茶屋だった。茶屋の前にはすでに人集《ひとだか》りができており、皆で恐る恐る店内を覗《のぞ》き見ている。空洞淵の到着に気づいた人々が、色めき立った。

「おい、先生が来たぞ！　道を空けろ！」

「先生が来たからにはもう安心だわね」

「先生！　死神をやっつけてくだせえ！」

　方々から好き勝手な声が聞こえて空洞淵はげんなりする。

「……あの、僕はただの薬師でして——」

「何言ってんだよう、未来の神主が！　ほら、胸張って行ってきな！」

　ささやかな自己弁護は顔見知りの八百屋のおばちゃんの大声によって掻《か》き消される。そのまま背中を押されて、空洞淵は言い訳すら許されずに店内へと入った。

　店の中にも数名の客がいたが、皆口を噤《つぐ》んで店の奥の席を気に掛けていた。

　今さら我関せずと店を去るわけにもいかなかったので、嘆息を零《こぼ》してから店の奥へ足を向ける。

　店の最奥では、喪服を思わせる黒衣の死神が姿勢よく座りながら——実に美味《うま》そうに大盛りのあんみつを頬張っていた。空洞淵の接近に気づいた綺淡は、意外そうに目を丸くした。

「——これはこれは空洞淵様。ご機嫌よう」

「……どうも」

　どのような距離感で接すればよいのかもわからないまま、空洞淵は挨拶に応じた。

　しかし、綺淡のほうは特に気にした様子もなく、向かいの席を手で示す。

「よろしければお掛けくださいな。斯様《かよう》に険しい顔で側に立たれては、落ち着きません」

　確かにただ立ち尽くしているだけというのも馬鹿《ばか》らしい。大人しく言われるまま空洞淵は綺淡の向かいに腰を下ろす。

　相手が人の魂を刈る死神であるとわかっていながら、こうして間近に相対してもやはり空洞淵には恐怖心が湧いてこなかった。

　金糸雀の話を聞いて、元々は〈幽世〉のためにその身を犠牲にするほどの高潔な精神を持った人であると知ったから、という理由もあったが、そもそも空洞淵は初めて会ったときから本能的にこの女性に対して忌避感を覚えられないでいた。

　目の前で綺翠を斬《き》られたという苦い経験をした今でもだ。

「さすがは先生……死神を前にしても堂々としてるな」

「やっぱ未来の神主さんは度量が違うね」

「近頃は鬼を手懐《てなず》けているとも聞く……末恐ろしいお方だよ、くわばらくわばら」

　聴衆から様々な意見が漏れ聞こえてくるが、聞こえなかった振りをしておく。

　ただ座っているわけにもいかないので、空洞淵は女将《おかみ》さんに普通盛りのあんみつとほうじ茶を頼んだ。

　綺淡は何かを言うでもなく黙々とあんみつを頬張っている。さすがに会話に困ってきたところで、ようやく声を発した。

「これは私の頃にはなかった食べ物です。素晴らしく美味ですね」

「え？　ああ、それはあんみつと言って、百年ほどまえに生まれた甘味です。ここのあんみつは、綺翠の好物なんですよ」

「――そうなのですか」興味深そうに綺淡は頷く。「女将さんにお勧めをお願いしたのですが、どうやら当たりを引いたようです。それにしても、水菓子と小豆餡《あん》を同時に食するとは……悦楽の極致ですね。水菓子も餡も、私が知っているものよりずっと甘味が強く美味《おい》しゅうございます。時代のよき移り変わりを感じますね」

　何と答えればよいかわからず、空洞淵は口ごもる。

　そうですね、と同意を示すこともできたが、自らの意思で三百年間も穴蔵の中に閉じ籠もっていた綺淡を前にしたら、そんなに軽々しく彼女の感慨に同意を示すのは失礼であるように感じられた。

　ちょうどそのとき、空洞淵の前にもあんみつが運ばれてきた。女将さんは逃げるように店の奥へ引っ込んでいく。

　空洞淵はほうじ茶を一口飲んでから、あんみつを食べ始める。

　以前、綺翠とともに食べたときと変わらずに美味であった。

「あの、空洞淵様」

　再び声を掛けられ、空洞淵は口に運んでいた匙《さじ》を止める。綺淡は、手を止めて真《ま》っ直《す》ぐに空洞淵を見つめていた。こうして明るいところで見ると、本当に綺翠とよく似ていて思わずドキリとしてしまう。

「空洞淵様は、お名前を何とおっしゃるのでしょう？」

「え……？」

予想外の質問だったので戸惑うが、そういえばまだ名乗っていなかったことを思い出す。

「霧瑚《きりこ》と言います。空洞淵霧瑚です」

「霧瑚様……不思議な響きですね」

ふむ、と呟《つぶや》き、綺淡は餡を口に運んだ。

「霧瑚様も薬師であると伺いましたが……本当なのですか？」

「……はい。街外れで、伽藍堂という薬処を開いています」

「なんと」どこか嬉しそうに、僅《わず》かに口元を緩める。「それは素晴らしきことでございます。是非ともそのお力を、衆生《しゅじょう》のためにお使いくださいませ」

表情の変わりにくい人から感情を読み取る術には長《た》けているつもりだ。少なくとも綺淡の言葉に嘘はないと思った。この人は、空洞淵が薬師として〈幽世〉の人々に手を貸していることを本当に喜んでいる。

とても、街の人々の魂を刈っている死神とは思えない。

どのような対応を取ればいいかわからず、困惑する空洞淵だったが、せっかくの機会なので気になったことを尋ねてみる。

「今、『霧瑚様も』とおっしゃいましたけど……やはりあなたは、僕の先祖のことをご存じなんですか？」

しかし、綺淡はその質問には答えず、意味深に口元を緩めるばかりだった。

「お茶が冷めてしまいますよ。今はこちらの『あんみつ』をいただきましょう、霧瑚様」

確かに人目がある場所で話すことではなかったかもしれない。というか、これだけ衆目を集めてしまったら、できる話などそれこそ世間話くらいしかなさそうだ。

仕方なく空洞淵は、言われるままあんみつを口へ運び始める。

しばらく二人とも無言であんみつを突《つつ》いていたが、不意にまた綺淡が口を開く。寡《か》黙《もく》に見えて意外と話し好きらしい。

「今は――よき時代ですね。平和で、穏やかで、斯様な甘味も自由に食べられる、まさに絢爛《けんらん》の世と言えましょう。私の頃は……皆生きることに必死でした。疫病に飢饉《ききん》に天災……魑魅魍魎《ちみもうりょう》が跋扈《ばっこ》し、明日への希望もなかなか持てなかったものです。そういえば、この頃の怪異は随分と大人しいようですね。人との融和を目指しているのでしょうか。だとしたらそれは……実に素晴らしい進歩です」

やはり綺淡の言葉には嘘がないように思ったので、空洞淵は、そうですね、と同意を示す。

「〈現世〉と比べると色々不便ですが、ここに住む人々や怪異は、とても豊かで満たされているように感じます。ここへ来て、文明の豊かさというものは、技術の進歩とは無関係なのだと学びましたよ」

豊かであるとは、満たされているとは、ただ身の回りに物が溢《あふ》れているだけの状態ではない。もちろんそれは、ある種の必要条件ではあるのかもしれない。しかし、当然人は〈便利で過ごしやすい環境〉だけに依存して生きているわけではない。心の安寧、充足というのは、さらにその向こう側にあるのだ。

結局のところそれを見つけられるのか、あるいは自分の生き方を見つめ直せるかどうかが鍵《かぎ》になってくるわけで、そういう意味では〈現世〉より雑音の少ない環境である〈幽世〉は、自己と向き合う機会や時間がたっぷりあるため、相対的に豊かであると評価してもよいかもしれない。

無論、いずれにせよ最終的にはただの自己満足でしかないのだけれども。

人生など、そんなものだ。

なるほど、と綺淡は湯気の立った湯飲みを傾けて、ほう、と一度息を吐く。

「霧瑚様は――〈幽世〉がお好きですか？」

「はい」

空洞淵は即答した。この世界は、〈現世〉よりもよほど住みやすいように感じられたから。答えに満足したように、そうですか、と綺淡は頷いた。

「お気に召したならば、私も嬉しく思います。私も、この世界が好きですよ」

この世界が好きならば、何故死神などをやっているのか――すぐ喉《のど》元まで出掛かった質問を、空洞淵は無理矢理飲み込んだ。代わりに別の質問を繰り出す。

「金糸雀の従者の薊のことをご存じみたいでしたが……あの人も根源怪異なんですか？」

「あれは大神《おおかみ》――つまり狼《おおかみ》です」あっさりと死神は答えた。「寺の狐《きつね》、うちの龍《りゅう》と並んでかつては〈幽世〉の三大神獣として知られ、恐れられていました。昔はもっと悪さをしていたのですが、私と金糸雀に灸《きゅう》を据えられてからは、大人しくなったようですね」

情報量が多すぎて処理できない。初めて聞く話ばかりだ。気になるところは色々とあったが、一番気になったところを空洞淵は突っ込む。

「うちの龍、というのは……？」

「おや、ご存じありませんでしたか。御巫神社の祭神は、龍神なのですよ。もっとも、滅多に人前に姿を現すことはないので、ご存じなくとも仕方がないのですが……その様子ですとあまり変わってはいないようですね。いえ、それもまた世が平和な証《あかし》なのでしょう」

綺淡は苦笑した。それは、彼女が初めて見せた人らしい表情だった。

その龍神とやらとも、旧知の仲なのだろうか。祭神と元巫女ならばそれも当然なのかもしれない。

「ちなみに、これは小耳に挟んだ話ですが、霧瑚様は近頃、鬼を手懐けたようですね。私の頃には考えられなかったことなので、霧瑚様が街の皆から一目置かれているのも頷けます」

他人事《ひとごと》のように言って、綺淡はお茶を飲んだ。いつの間にか山と盛られていた彼女の器は空になっていた。

空洞淵としては、鬼である槐を手懐けたつもりはなく、ただ好き勝手にやらせているだけだったのだけれども……客観的に見るとそのような評価になる、という知見は新しいものだった。これからは一層、振る舞いには気をつけようと心に誓い、空洞淵も最後の一口を嚥下《えんげ》した。

残っていたほうじ茶を飲み干して一息吐く。

「それでは、霧瑚様。場所を変えましょうか。ここでは少し、積もる話も難しかろうと思いますので」

綺淡の提案に頷き、空洞淵は立ち上がる。衆目を集めながら人垣を抜けて、目抜き通りに出る。死神に対する罵詈《ばり》雑言《ぞうごん》でも飛んでくるかと空洞淵は冷や冷やしたが、幸いなことに皆状況が摑めずただ困惑するばかりのようだった。中には家族が死神の被害に遭った人もきっといると思ったので、必ず助けます、と空洞淵は心の中で謝罪しておく。

「さて……河岸《かし》を変えたいところではあるのですが、どこか人目に付かず落ち着いてお話できるところはご存じありませんか？　出合茶屋でも私は構いませんが」

「……それは僕が構うので、僕の店に行きましょう」

所謂出合茶屋というのは、男女が密会のために利用する特殊な茶屋のことだ。そんなところへ二人で入りなどしたら、きっと明日には極楽街中に知れ渡っていることだろう。

これ以上変な噂が立っては堪《たま》らないので、背中に変な汗を掻きながら伽藍堂へ向かう空洞淵だった。

3

急に薬処を空けることになってしまったので、外で患者が待っていたら申し訳ないと気持ち早めに足を進めてきた空洞淵だったが、幸いなことに待っている人はいなかった。

綺淡を中へ誘うと、嬉しそうに感嘆の声を上げた。

「まあ、ほとんどあのときのままではありませんか。懐《なつ》かしいですね」

やはり綺淡は伽藍堂のことも知っているようだ。来たこともあるらしい。

「僕の先祖とは親しかったんですか？」

囲炉裏の前にい草の座布団《ざぶとん》を用意しながら空洞淵は何気なく尋ねる。灰の中から火《ひ》箸《ばし》で炭を掘り起こすと幸いなことにまだ火は微《かす》かに灯《とも》っていた。

綺淡は興味深そうに店内を眺めながら平然と答えた。

「まぐわった仲です」

「――っ!?」

驚きのあまり、息を吸い込んだ拍子に唾《つば》が気管に入ってしまった。激しく咳《せ》き込む空洞淵の背中を、あらあら、と言いながら綺淡は優しく擦《さす》る。

ようやく呼吸が落ち着いたところで改めて尋ねる。

「ええと……つまり、僕の先祖と綺淡さんは結婚していたと……？」

「残念ながら故《ゆえ》あって祝言《しゅうげん》は挙げられませんでしたが、あの方の子を産んでいるので概ねその認識で間違いないかと」

衝撃の告白に頭がクラクラしてきた。

「……ということは、僕と綺翠は遠い親戚《しんせき》になるのですか？」

「少なくともあの子は私によく似ていましたから、私の血縁者であることは間違いないでしょう。ということは、霧瑚様とも血縁があることになりますね」

座布団に座り直して、綺淡は淡々と答える。

「血縁があると言っても、三百年も昔のことです。今ではすっかり血も薄まっているでしょうから、そう心配なさらなくとも」

そういう心配をしているわけではないのだけれども……。

気を取り直してさらに尋ねる。

「そのことを、綺翠は知っているんでしょうか……？」

「知っていると思います。守弥《もりや》様のことは代々伝えるようにと金糸雀にお願いしてありましたから。守弥様というのは、霧瑚様のご先祖様のことです。私の幼なじみで、とても聡明で優しい方だったのですよ。今の霧瑚様に雰囲気がよく似ていらっしゃいます」

またしても情報量が多い。目《め》眩《まい》を覚えながらも、何とか空洞淵は情報を整理する。

空洞淵と初めて会ったとき、綺翠はどこかで会ったことがある、というようなことを言っていた。それに『空洞淵』という苗字《みょうじ》を聞いたとき、何かを察したようでもあった。

何か空洞淵の知らないことを知っているのだろうとは薄々感じていたが、ようやく腑《ふ》に落ちて少し嬉しくなった。もしかしたら、それまで誰にも気づかれなかった右眼の秘密を即座に見抜いた件も、遠い血の繋がりによる共感だったのかもしれない。

「〈幽世〉を切り離したとき、守弥様とは今生の別れとなってしまいました。とてもつらかったですが……幸いなことにそのときすでに私はあの方の子をみごもっておりました。〈幽世〉へ渡って間もなく、私は子を産み、しばらくは安穏と暮らしていたのですが……この身を賭《と》して、あの方の忘れ形見である我が子と、この〈幽世〉を流行病《はやりやまい》から守ることにしたのです」

それは、冬の湖面のように穏やかで、一切の偽りがない、あまりにも誠実な言葉だった。

勝手にそう感じただけで根拠などは一切なかったが、空洞淵は無条件に綺淡の言葉を信じることに決めた。

「……それほどまでに〈幽世〉のことを思っているのだったら、何故今になって、〈幽世〉に不利益を及ぼすようなことをしているのですか？」

「月詠の思想に同調したからです」

その言葉にも偽りは混じっていないようだ。

「では、月詠の目的を教えてください」

「それはできません。しかし、そう遠くないうちに、霧瑚様はその全容を知ることになるでしょう。そしてそのときにはあなたも必ず、彼女の目的に理解を示すはずです」

月詠のしていることは、いたずらに〈幽世〉に混乱をもたらしているだけのように思えるが……そうではないのだろうか。もちろん、神籠村の一件のように、一概にそうとは言い切れない場合もあったが……。

少なくとも綺翠は、金糸雀に対する当てこすりだと考えているようだったし、空洞淵もその意見には概《おおむ》ね賛成だ。どのような目的があるにせよ、〈幽世〉に混乱をもたらしているという事実に変わりはない。

絆《ほだ》されているように感じながらも、空洞淵は毅《き》然《ぜん》と言い返す。

「――いずれにせよ、綺翠をあのような目に遭わせたあなたと月詠のことは、許すことができません。彼女の魂を返してください」

「しかし、霧瑚様。あの子は本当に目覚めたがっているとお思いですか？」

逆に問われ、空洞淵はたじろぐ。

「〈幽世〉の守護者を自負していながら、ぽっと出の怪異である私に手も足も出ず、挙げ句代々伝えられてきた霊刀まで折られてしまって……。あの子は、そんな過酷な現実に目覚めたいと、本当に願っているのでしょうか？」

「それ、は……」

言葉に詰まる。霊刀を破壊された瞬間の綺翠の顔が脳裏を過《よぎ》った。

本当に信じられないものを見たかのような驚きと、その奥に覗いていた深い絶望。

霊刀を失った彼女は、もうこれまでと同じように祓い屋を続けることができないと金糸雀は言っていた。

「つらい目覚めよりも、安穏とした優しい夢に浸っていたほうが幸せかもしれませんよ。もしも、自分のこと以外で、目覚める理由があるのなら話は別ですけれども」

「自分のこと以外で……？」

「たとえば、愛する人が待っている、とか」

意味深な目で、綺淡はジッと見つめてくる。そのどこか責めるような視線に何故か耐えられず、空洞淵はそっと目を逸らした。

「……綺翠が、妹の穂澄を放っておくはずがありません」

「姉妹愛――そういうものもあるでしょう。しかし、それは強く目覚めを願うほどの動機にはなりません。そもそも妹は自分などよりもよほど強い金糸雀の加護を受けているので十分に安全ですし、何より妹はいずれ結婚し、子を産み、御巫の家をつつがなく存続させてゆくはず。むしろ役に立たない自分など目覚めなくてもよい、という判断をしても不思議はありません」

「そんなことは――！」

ない、と断言したかったが、残念ながら空洞淵はそこまで綺翠の内面を理解しているわけではないので確かなことは言えなかった。

半年も共にいて、何故彼女の内面を知ろうとしなかったのだろう。恐れていたのか、あるいは……避けていたのか。

大切な人を愚弄《ぐろう》されているのに、反論の一つもできない。空洞淵は悔しさに唇を噛《か》む。

「しかし、愛する人が待ってくれているのだとしたら、どうでしょう？　愛する人の期待に応《こた》えたいと願うのは、本能的な欲求です。愛とは、極めて原始的で、破壊的で、でも格別に甘い力なのですよ。一度それを得てしまったら、もう絶対に忘れられないほどに」

死神は、ちろりと赤い舌を覗かせる。その姿が妙に官能的に映り、空洞淵はまた視線を逸らす。どうにもこの綺翠に似た女性は苦手だ。

「——もしもあの子にとっての霧瑚様が、あるいはあなたにとってのあの子がそのような存在になれば、あの子が目覚めることもあるかもしれませんね」

そう言い終えると、綺淡はおもむろにその場を立ち上がった。チリン、と帯紐に結われた鈴が涼やかに鳴った。

「少し、余計なことを話しすぎましたか。守弥様ではない、と頭ではわかっているつもりなのですが、霧瑚様とお話ししていると自然と口が軽くなっていけませんね。私の愛したお方はもうこの世にはいませんけれども……あの方の想《おも》いは、確かに今も残っていることがわかって、私はとても嬉しゅうございました」

「ま、待ってください……まだ聞きたいことはたくさん――」

動揺しながらも、引き留めなければと空洞淵は膝《ひざ》を立てるが、それより早く、綺淡はとても綺麗なお辞儀をした。

「――霧瑚様。どうかよき選択をなさいますように。あなた様の幸福を、心より願っております」

音もなく歩みを進め、そのまま死神は薬処を出て行った。空洞淵は無様に片手を伸ばした姿勢のまま固まっていた。

結局、呼び止めることはできなかった。

自分の無力を知り、無意識に一度床を殴った。

鈴の音はもう――聞こえなかった。

4

どうにも仕事に集中できなかったので、空洞淵は気分転換も兼ねて、早々に店を閉めて配置薬の補充へ向かうことにした。

配置薬というのは、街の各家庭へ緊急時に使用できる処方薬を詰めた薬箱を予《あらかじ》め預けておき、その後使用した分だけ代金を受け取る医療制度である。本来はきちんと診察をして処方を決めなければならないが、空洞淵一人で極楽街全域の医療を担《にな》うことは実質的に不可能なので、このような制度を設けて何とか街の医療に貢献しているのが現状だった。

幸いなことにこの配置薬の制度は、街の人々から極めて好評で、突然の風邪や腹痛、あるいは二日酔いなどの際、大いに役立っているようだった。もちろん、あくまでも緊急時の措置であって、空洞淵が店を開けているときであれば基本的には診察をしてから処方を決定する方針に変わりはないのだけれども。

ちなみに普段は、金糸雀の従者である紅葉《もみじ》に配置薬の配布を手伝ってもらっているのだが、彼女が眠ってしまっているとあれば、空洞淵一人でやるしかない。大変だとは思ったが、今は下手に診察を続けて処方を誤ったりするほうが問題なので、身体《からだ》を動かすだけで済むこの仕事は正直ありがたかった。

補充薬を詰め込んだ風呂敷《ふろしき》を両手で抱え、街へ向かって歩みを進めていたところで、道行く先に見覚えのある長身の男が立っていた。

さすがに無視をするわけにもいかない。空洞淵は歩みを止めて声を掛ける。

「……何してるの、薊？」

「おや、これはこれは空洞淵様。このような場所で奇遇ですね」

燕尾《えんび》服《ふく》の男——薊は、さもたった今空洞淵の存在に気づいたような驚きを示してから、慇懃《いんぎん》にお辞儀をして眼鏡のつるを押し上げた。

「そのように古めかしい風呂敷など抱えられて……ひょっとしてついに夜逃げでしょうか」

「……全然違うけど」

相変わらず慇懃無礼な男だった。だが、素直なところは正直好感が持てないでもない。

「これから街へ、配置薬の補充に行くんだけど、よかったら一緒に行く？」

気まぐれに提案してみると、薊は心底嫌そうに顔をしかめた。

「何故《なにゆえ》、高貴なる御屋形様にお仕えするこの私が、一般人である空洞淵様の小間使いのようなことを……」

「嫌なら無理して来なくていいんで。じゃあ、お疲れさま」

手短に会話を切り上げ、空洞淵は歩き出す。しかし、すれ違い様にむんずと後ろから襟首《えりくび》を摑《つか》まれた。

「──お待ちください、空洞淵様。同行しないとは言っておりません」

「明らかに嫌そうな口ぶりだったけど……」

「それは空洞淵様の弱き心が生み出した幻想です。私は初めから、空洞淵様のお手伝いをするために参上したのですから」

　意外な言葉に空洞淵は戸惑う。まさか薊が手伝ってくれるとは夢にも思っていなかった。それからすぐに、ああ、と納得する。

「ひょっとして、金糸雀の指示で？」

　すると薊はまた嫌そうに眉間《みけん》に皺《しわ》を寄せた。

「……この私が、御屋形様のご指示以外で空洞淵様に助力を申し出るとお思いなのでしたら、それは些《いささ》か思い上がりが過ぎると言わざるを得ないと愚考いたします」

　酷《ひど》い言い草だったが、手伝ってくれるのは素直にありがたい。薊は、空洞淵の手から風呂敷をひょいと取り上げる。

「ほら、さっさと参りますよ。あなたは非力で鈍足なのですから、のんびりしていたら日が暮れてしまいます」

　大股で歩き始める薊に、空洞淵は小走りで付いていく。足が長いためか一歩が大きく、空洞淵は付いていくのがやっとだ。そのため、目抜き通りの入り口に着く頃には、かなり息が上がってしまった。これでも以前に比べたらかなり体力は付いたほうだが……まだまだのようだ。

軟弱ですねえ、と勝ち誇ったように薊は見下ろしてくるが、そのとおりなので反論できない。だが、冷静に考えれば強力な怪異である薊と比べたら体力に差があるのは当然だ。空洞淵は一度深呼吸をして、すぐに気持ちを切り替える。

「それじゃあ、一軒ずつ回っていこうか。薊、よろしくね」

「私に指図しないでください。まったくこれだから人間風情《ふぜい》は……」

ぶつくさと文句を垂れる薊を伴い、空洞淵は配置薬を置かせてもらっている家を巡っていく。

配置薬を街中の全軒に配布することは叶《かな》わないので、数軒ごとに、家主の許可が得られたところに置かせてもらっている。近所の人は、その家を訪ねて必要な薬を融通してもらうことになる。その場合、代金は家の人が預かるので、最終的には薬の補充の際、空洞淵が家の人から代金を受け取ればそれで完結する。

古くから存在するシステムだが、単純なわりによくできている。

一軒ずつ回っていくと、やはり時節柄か葛根湯《かっこんとう》や桂枝《けいし》湯《とう》のような風邪薬の消費が多いことがわかる。家主には、改めて簡単に薬の説明をしながら、不足分を補充していく。

何軒か回ったところで、それまでと同じように薬の補充をしていたら、不意に家主の男性が申し訳なさそうに尋ねてきた。

「あのう……先生。もしよろしければ、ウチの家内を少し診ていただけませんか……？」

「構いませんよ」空洞淵は作業を止めて即答する。「お加減が優れませんか？」

「いえ、それが……」言いにくそうに男性は答える。「ひと月ほどまえから、ずっと眠り続けていて……」

「それは……大変でしたね」すぐに状況を理解して、空洞淵は同情を示す。「噂の死神にやられましたか」

「家内は何も言っていなかったのでよくわかりませんが……おそらく」

家主は意気消沈して肩を落とす。

空洞淵と薊は、男性に連れられて隣の部屋へ移動する。部屋の隅に敷かれた布団の上には、小柄な女性が横たわって静かに眠っていた。年は二十代前半くらいだろうか。化粧をしていないためむしろ幼く見えてしまう。

細い手首を取って脈を診てみると、沈んでいてゆっくりしていた。以前診た、魂を刈り取られた人と同じような脈をしている。

しかし、一ヶ月も眠り続けているわりには肌つやもよく、痩《や》せ衰えたり、褥瘡《じょくそう》ができたりしている様子もない。本当に、時間が止まってしまったように眠っているだけに思えた。

そっと布団の中へ腕を戻してから、家主に尋ねる。

「もしよろしければ、眠りに就いた当時のことを教えていただけますか？」

「それは……もちろん」

部屋を再び居間へ戻して、家主は語り始めた。

「家内は最初……熱を出したんです。大雨に降られた日の翌日のことでした」

その日のことならば、空洞淵もよく覚えていた。年が明けてしばらくした頃、急に結構な大雨が降ったのだった。冬場の空気を利用して生薬を乾燥させていた空洞淵は、軒先に出しておいた生薬を雨でびしょ濡《ぬ》れにしてしまい大変落ち込んだのだった。

「ちょうど家内は出ていて、びしょ濡れで帰ってきたんです。しきりに寒い寒いと言ってたもんで、私も心配していたんですが……やはり明くる日には熱が出まして。街でも風邪が流行《はや》ってたし、念のため先生の薬を飲ませて安静にさせていたんですが……」

ひと月まえといえば、ちょうど街で急性熱性疾患が本格的に流行り始めた時期とも重なる。

「熱以外に何か症状はありましたか？」

「身体中……特に頭や腰が痛いと言って横になっていました。激しく咳き込んでもいて……呼吸も苦しそうでした」

その感じだと、先日の釈迦堂同様、肺炎になりかけていたかもしれない。そうなると、配置薬の葛根湯では少々薬効が足りなかったのではないだろうか。

「おっしゃっていただければ、往診に来ますから、次からは遠慮なさらないでください。風邪と言っても、命に関わることだってあるんですから」

「……すみません、ありがとうございます」

至極申し訳なさそうに男は頭を下げた。どうにも腰が低くて遠慮がちな人のようだ。

「それで、奥様はその後どうなったのでしょう？」

「先生の薬のおかげで、多少は楽になったみたいでしたが、それでも二日ほど寝込みまして、そして三日目の朝からついには目覚めなくなり……。最初は様子を見ていたんですが、一日経《た》って二日経って、それでも変わらず目覚めなくて……途方にくれました。しばらく経ったところで、〈死神〉の噂を耳にしまして、ようやくそこでどうやらうちのもそれにやられたのだと、気づきました」

ひと月まえの大雨の翌日から熱を出し、三日目から眠り続けている……。そしてその後に死神騒動を知り、原因がわかった、と。

何故だかわからないが、少しだけ前後関係が気になったので空洞淵はしっかりと頭の中で整理しつつ、今にも泣き出しそうな家主の肩にそっと触れる。

「どうかご自分を責めないでください。悪いのは〈死神〉なのですから」

「……先生。どうもありがとうございます」

家主は手ぬぐいで目元を拭《ぬぐ》った。そのとき、終始無言の薊のことが気に掛かったので、ちらと視線を向けてみるが、彼は神妙な顔つきで口を噤むばかりだった。何か皮肉の一つでも言われたら面倒だと思っていたので、拍子抜けする。

診察はしたものの、結局現状では空洞淵にできそうなことなど何もなかったので、力になれないことを心苦しく思いながら、男の家を後にする。

次なる家に向かう道すがら、不意に薊が口を開く。

「空洞淵様は……意外と街の人々から慕われているのですね」

「意外だった？」

「それはもう。てっきりもっと恐れられているものかと」

その件に関しては、一部否定できないところがあったので、空洞淵は聞かなかったことにする。

「それにしても、何だか大人しかったね。余計なことでも言うんじゃないかと思って内心ひやひやしてたけど」

「空洞淵様……見くびらないでいただきたい」銀縁眼鏡の位置を直しながら、薊は取り澄ましたように続ける。「私は、御屋形様にお仕えする者として確たる信念と自覚を持っております。私の一挙手一投足がそのまま御屋形様の評価に繋がるのです。市《し》井《せい》の人々の前で、軽はずみな言動など取れるはずもないでしょう」

「…………」

そのわりには、空洞淵の前では軽はずみな言動ばかり取っているような気もする。空洞淵ならば何をしたところで、金糸雀の評価は変わらないという確信を持っているということだろうか。それはそれでどうかとも思うが、まあ、薊も好き勝手に振る舞える人間が一人くらいは近くにいたほうが息抜きになるだろう、と思い諦《あきら》めることにする。

「それにしても、一ヶ月もまえから死神が悪さをしていたなんて、全然知らなかったな。風邪が流行ってたせいで情報が埋もれちゃったみたいだ」

「そのようですね」珍しく執事は同意を示した。「私の調査でも、死神の出現は二十日ほどまえが最古だったので、十日ほど情報が更新されたことになります。御屋形様に知られることなく、それほどまえから暗躍していたとは俄《にわか》には信じがたいですが……」

　確かに、いくら月詠の関与する因果を〈千里眼〉で認識できないとは言っても、それだけ派手に動けば噂《うわさ》が立ってたちまち金糸雀の耳にも入りそうな気はする。

　何かが、引っ掛かった。

「ともあれ……さっさと次の家へ参りましょう」

　空洞淵の思考を遮って、薊は言った。

「この進捗《しんちょく》では、本当に日が暮れてしまいます。可能な限り早く私を解放するためにも、急ぎましょう、空洞淵様」

　その言い分にはかなりの問題があったが、実際に手を貸してもらっているのは事実なので空洞淵も強くは出られない。

　仕方なく、彼の大股に合わせるように、小走りで次の家へ向かうことにした。

　明日はきっと筋肉痛だろう。

第四章

真意

1

再び翌早朝。

本日の空洞淵《うろぶち》は、街外れの小高い山を登っていた。

さすがにこの辺りまで来るとしっかりと雪が降り積もっており、特別に整えられているわけでもない山道は歩きにくくて仕方がない。

おまけに本日は、今季最大の寒波が到来しているようで、耳を切るほどの冷たい風が襲い掛かってくる。耳当てなどはないので、ただ耐えるしかない。鎌鼬《かまいたち》などの伝承はきっとこのようなときに生まれるのだろう、などと余計なことを考える。

この辺には常緑樹も少ないようで、立ち並ぶ木々はすべて葉を落としており何だか寒々しく、そして物悲しい。先ほどから雪を踏みしだく足下が妙にふかふかしているのは、地面に降り積もった落葉が腐敗してしまっているためだろう。

一歩一歩に着実に体力を奪われながらも、荒い呼吸をくり返して空洞淵は懸命に前へ進む。

「あの、主《あるじ》さま？　少し、お休みしましょうか……？」

前を歩いていた金糸雀《カナリヤ》が足を止めて心配そうに振り返った。本日の彼女は、鮮やかな緋《ひ》色の振袖《ふりそで》を着用している。ところどころに金糸の複雑な刺繍《ししゅう》が施されており大層雅《みやび》だ。

普段の十二単《じゅうにひとえ》よりは軽装だが、明らかに登山の格好ではない。にもかかわらず呼吸一つ乱していないところを見ると、やはり人ではないのだということを改めて思い知らされる。

空洞淵は息も切れ切れに、大丈夫、と答える。

先頭を歩いていた薊《あざみ》がこれ見よがしのため息を吐《つ》いた。

「まったくこれだから人間風情《ふぜい》は……。よろしければ背負って行きましょうか？」

どこか勝ち誇ったように口の端を上げる。空洞淵は苦々しく思いながらも再び、大丈夫、とだけ答えてまた一歩ずつ足を踏み出していく。

今、空洞淵たちは、綺淡《きたん》が封印されていたという街外れの洞窟《どうくつ》を目指していた。何か、事件解決の糸口が見つかるかもしれないという確証のない希望にすがってのことなので、無理に空洞淵が付いてくる必要もなかったのだけれども……。

空洞淵自身も綺《き》翠《すい》の先祖が〈幽世《かくりよ》〉の人々を守るために封じられていたという場所を見ておかなければならない、と思ったので無理を言って同行させてもらっていた。数ヶ月まえ、神籠村《かみごもむら》へ赴いた際の山道ほどきついわけではなかったが、進むほどに足下は悪くなるばかりで、数十年、下手をすると百年以上ほとんど誰も足を踏み入れていないのではないかと思うほどだった。

もしかしたら、あえて人を近づけないようにしていたのかもしれない。それならば、街の人が疫病神《やくびょうがみ》となった綺淡のことを忘れてしまっても仕方がないと言える。

寒空の下、久しぶりの重労働を課しているため、冷え切った指先とは対照的に肺は燃えるように熱い。まるで蒸気機関のように、先ほどから白い息が漏れ続ける。少々過呼吸気味で、意識が遠のき始めたところで、不意に右手に温かい何かが触れた。

かぶりを振って意識を改めると、いつの間にか金糸雀が空洞淵の隣を歩き、右手を取っていた。普段はひんやりと冷たいばかりの賢者の手だが、今はじんわりと温かかった。

凍りついた指先に血が通っていく、むずがゆさにも似た感覚が心地《ここち》よい。

「主さま、無理はなさらないでください。ほら、反対の手も」

言われるまま左手を差し出すと、金糸雀は小さな手で空洞淵の両手を包み込んでくれる。冷えとともに疲れが抜けていくような不思議な感覚だった。

しばらく身体《からだ》を寄せ合って歩くと何だか元気が湧《わ》いてきた。

「……ありがとう。何か気を遣わせちゃってごめんね」

「とんでもない。わたくしは、こうして主さまと共にいられるだけで至福の極みでございます」

手放しの金糸雀の親愛が、くすぐったい。

「……あの、もう大丈夫だから」

暗に手を離してほしいという意思を伝えてみるが、金糸雀は取り合わない。

「いえいえ。主さまの手はまだ冷え切っています。しっかりと今のうちに温めておかなければ凍傷になってしまいますよ。主さまの手は、〈幽世〉の医療を文字どおり一手に担《にな》う宝にございます。わたくしは〈国生みの賢者〉として、大いに責任がございますゆえ、どうか今しばらくご辛抱くださいませ」

蒼玉《そうぎょく》の瞳《ひとみ》が妙にきらきらと輝いていたが、金糸雀の言うことにも一理あると思い、空洞淵は空手になることを諦《あきら》めた。まさか〈国生みの賢者〉ともあろう者が、ただ空洞淵の手を握っていたいがために弁を尽くしているはずもない。

しばらくそのまま大人しく歩みを進めると、突き当たった崖《がけ》に小さな穴が空いているのが見えた。おそらくここが、綺淡の封印されていた洞窟なのだろう。

穴の入り口には朽ちた注連縄《しめなわ》が半分以上雪に埋もれて転がっていた。

「――この入口を岩で塞《ふさ》ぎつつ、外側からわたくしが厳重に霊的な封印を施していたのですが……やはり破られていますね」

やっと空洞淵から手を離して、金糸雀は雪に埋もれた注連縄の残骸を指で摘まむ。

全体的に経年劣化でぼろぼろだったが、泥汚れなどは一切見られず、神聖な清らかさを保っている。端には真新しい切断面が覗《のぞ》いていた。

――何かが、空洞淵の意識の片隅に引っ掛かった。

「……微《かす》かですが、月詠《つくよみ》様の気配が残っています」薊は主に進言する。「やはり月詠様によって破られたものと考えて間違いないかと。御屋形様、足下にお気を付けてお進みください」

先導するように薊は身を屈《かが》めて洞窟の中に入っていく。金糸雀と空洞淵もそれに続く。

狭い入口とは裏腹に、中は広々としていた。壁面や天井はごつごつとした岩肌が露出していることから人工的なものではないとわかる。おそらくは天然の溶岩洞をそのまま封印に利用したのだろう。

中はじめじめとして湿っぽいが、不思議と微かに明るかった。よく見ると壁面にはヒカリゴケが生えている。薊の手燭《てしょく》の明かりだけでも、ある程度ならば見通せた。

ごつごつとした足下に気を配りながらしばらく歩みを進めると、小さな社が姿を現した。祠《ほこら》というには大きく、本殿というには小さすぎる。大きさとしては、四畳半くらいだ。しかし、造りはしっかりとしており、傷んではいたが未《いま》だ荘厳な気配を醸《かも》している。

「この社に、綺淡は自らを封じました」

金糸雀は寂しげに目を細めた。

「彼女一人では決して破ることの叶《かな》わない強力な封印です。当時のわたくしは、〈幽世〉の創世に伴って、一時的ながら大幅に弱体化していました。疫病の流行という街の危機を救えなかったことも、そのあたりの事情が関わっています。わたくしは、己の無力を嘆きながら、綺淡の覚悟を見届けることしかできませんでした」

悲哀に満ちた金糸雀の独白に、空洞淵は言葉を挟むことができなかった。

「歳《とし》こそ離れておりましたが……綺淡はわたくしにとって、この世でただ一人の親友と言っても差し支えないほど大切な存在でした。わたくしは、ほとんど同時期に最愛の方と、掛け替えのない親友の二人を失ったのでございます……」

最愛の方、というのが、守弥《もりや》という空洞淵の先祖のことか。気にはなったけれども、今回もまた空洞淵が立ち入ることではないと判断して聞き流す。

「でも、綺淡さんは今も生きているわけだから、どうにか和解できないかな……？」

「どうで、ございましょうか」金糸雀は苦痛に耐えるように口を曲げる。「この三百年で彼女も変わってしまったのかもしれません……。もしも変わってしまっているのであれば、その原因は彼女を見捨てたわたくしにございます。綺淡を人として死なせることができなかった……それがわたくしの罪。それなのに、どうして今さらわたくしが、彼女の行いを責められましょう……」

〈幽世〉のためにその身を犠牲にしたはずの綺淡が、三百年経《た》った今、〈幽世〉に仇《あだ》なすようになったのだとしたら、それは金糸雀を恨んでいるからだ、と考えるのは極めて自然な発想だ。

親友の行いを金糸雀が咎《とが》められない、というのも理解できる。

だが、それはそれとして、綺淡が本当に〈幽世〉に仇なしているのだとしたら、当然それは誰かが止めなければならない。そして、祓《はら》い屋が不在の今、賢者たる金糸雀にもそれができないのだとしたら——もう空洞淵がどうにかするしかない。

といっても、代わりに綺淡と戦って倒すというのは論外だ。空洞淵など、たとえ不意打ちで襲い掛かったとしても、為《な》す術《すべ》もなく瞬殺されるだろう。

空洞淵にできること……それは、思考を巡らせることだけだ。

綺淡の行動原理を読み解き、それを封じる策を講じる。

あるいは——そもそもの動機から攻めるか。

動機。つまり、何故《なぜ》彼女は、疫病神から死神に変わったのか。

その理由さえわかれば、彼女はもう死神を続けなくてよくなるかもしれない。

深夜の再会を果たしたあのとき。

月詠は、目的は果たした、と言っていた。

その口ぶりからすると、金糸雀が出張らなければならないほど死神の噂《うわさ》を広めることを狙《ねら》っていたようにも取れるが……。いったい何の意味があるのだろうか。

身体《からだ》の芯《しん》から凍らせるような寒さも忘れて、空洞淵は思考に没頭する。

死神。人々に死を運ぶ神、あるいはその代行者。

特定の死生観を持つあらゆる宗教に遍在する、忌《い》み嫌われた存在。

その理不尽で不条理な特性から、あらゆる創作に登場して人々を恐れさせている。

実際、この〈幽世〉でも、落語の『死神』が——。

そのときふと気づく。

怪異の〈死神〉が現れたのと、落語の『死神』が話題になり始めた時期がだいたい一致するのは、果たして偶然なのだろうか。

一見すると、怪異の〈死神〉が出現して話題になったために、落語の『死神』に注目が集まったようにも見えるが……。

そもそも落語の『死神』は、〈現世《うつしよ》〉で明治期に作られたものであり、江戸時代中期に分かたれた〈幽世〉には本来存在するはずのない演目なのだ。

以前は、そんなこともあるだろうと深く考えなかったが、この一件に月詠が関わっていることがわかった以上、何らかの思惑が隠されていると考えるのが自然だ。

つまり――月詠が落語の『死神』を〈幽世〉へ持ち込んだ。

その際彼女は、意図的に中身を少しだけ改変している。

作中に登場する死神を高齢の男性から若い女性に変更したのだ。

当然それは――綺淡に印象《イメージ》を寄せるためであると考えるべきだろう。

ということは、初めから月詠は、落語の『死神』を利用して、効率的に〈死神〉の印象を人々に流布《るふ》しようとしていたことになる。

しかし、いったい何のために……？

まるで、〈死神〉を広めること自体が目的であり、魂を刈ることは目的ではないようにも思えるが、それ以上思考が進まない。

ただ気になるのは、いったいいつから月詠は今回のことを計画していたのかということだ。神籠村の一件同様、ある程度は先を見越してのことなのだろうけれども……その割には、落語の『死神』の流行と怪異の〈死神〉の出現がほぼ同時期というのは不可解だ。

もしも、今回の一件が計画的なものであったのだとしたら、落語の『死神』をもっと先行して流行《はや》らせておいたほうが、より効率的に怪異の〈死神〉も認知させられそうな気はするけれども、実際には落語『死神』の流行も、綺淡の封印が破られたのも、同じくひと月ほどまえで――。

「――え？」

そこまで考えて、思わず声が漏れた。

「どうかなさいましたか、主さま？」

不思議そうに小首を傾《かし》げて顔を覗き込んでくる金糸雀。しかし、空洞淵は何も答えず思考に没頭する。

今何か、思考と記憶に齟齬《そご》が生じたような気がした。

水面《みなも》に映る月を掬《すく》うように、そっと記憶に触れていく。

すぐに違和感の正体に思い至り、半ば無意識に空洞淵は駆け出していた。

「主さま！」

背中に掛かる金糸雀の声を振り切って、懸命に足を動かす。不意に視界が開けて照度が増す。洞窟を抜けたのだ。

空洞淵は先ほど金糸雀が摘まんでいた注連縄の残骸に飛びつく。

それは先刻見たとおり、幾星霜《いくせいそう》の年月を経て朽ち果てていたが、泥汚れなどは見受けられなかった。

これはいったいどういうことなのか。

加速する思考。意識が追いついていかず、空洞淵は立ちくらみを覚えながら黙り込む。

「――空洞淵様。急に走り出してどうされたのです？　便意でも催しましたか？」

すぐ背後から聞こえた薊の皮肉で、空洞淵はようやく意識を取り戻す。

それから急に息苦しくなり、荒い呼吸をくり返した。どうやら呼吸を忘れていたらしい。いつの間にか、金糸雀もすぐ側に立っていた。急な変調を心配するように、眉《まゆ》根《ね》を寄せて空洞淵を見つめていた。

どうにか呼吸を整えて、空洞淵は謝る。

「……急に走り出してごめん。ただ、一つだけ気になることがあって」

手にしていた注連縄の残骸を金糸雀に示す。

「ここへ来てすぐ、この注連縄を見つけたときのことを覚えているかい？」

「それは……もちろん」金糸雀は頷《うなず》いた。「わたくしが最初に雪に埋もれていたのを引っ張り出しましたので。何か、気になることでも？」

「いや、それ自体は問題じゃない。綺淡さんの封印に使用されていた注連縄の上に雪が積もっている、というのは極めて自然な状態だ。つい先日、雪が降ったばかりだからね」

首を傾げる金糸雀に、空洞淵は優しく告げる。

「問題なのは、この注連縄があまりにも綺麗すぎることだよ」

「綺麗すぎる、ですか？」

「うん。注連縄っていうのは、神聖なものだから、綺麗であるに越したことはないんだろうけど……冷静に考えるとこれは少し妙だ。何故《なぜ》なら、ひと月まえには大雨が降っているんだから、この注連縄は泥水を吸ってもっと汚れていなければおかしい」

先日、配置薬を置かせてもらっている家の主から聞いた話を思い出す。

ひと月まえの大雨の翌日から、奥方は熱を出したと言っていた。

奥方がその後ずっと寝込んでいたのであれば、彼女が死神に遭遇できるのは、大雨の日以外にない。

そして、それを事実と仮定すると、逆算して大雨の日にはすでに綺淡の封印は解かれ、注連縄は地面に落ちていたことになる。

ならば当然の帰結として、その際の泥汚れが注連縄に付いていなければおかしい理屈になるのだ。

ところが——見てのとおり、注連縄には経年汚れしか付いておらず真新しい泥汚れなどは見受けられない。何故か。

「——つまり、この注連縄の封印はあの大雨の日よりも後に解かれたということでしょうか？」

「そう。しかも、ここ三週間以内だ」

「三週間？」賢者は目を丸くする。「何故、そのように断定できるのです？」

空洞淵は、数日まえの槐《えんじゅ》の言葉を思い出しながら答える。

「三週間まえに初雪が降ったからだよ。もし、この注連縄が初雪よりも以前に地面に落ちていたのだとしたら、その後雪が降り積もり、雪解け水にも浸されて、やはり泥汚れが付着するはずだ。それすら見られず、未だに綺麗なままということは、この注連縄は、雪が降り積もったその上に落ち、さらにその後の降雪によって埋もれる形で、泥汚れから保護されていたことになる。つまり――ここ三週間以内と同定できるわけだ」

先日、神社で雪兎《ゆきうさぎ》を作っていた槐が言っていた。二十日ばかりまえの初雪は、街には積もらなかったが山のほうにはそれなりに積もったと。

ならば、綺淡の封印が解かれたのは、それ以降と考えるのが自然だ。

「――しかし、空洞淵様。それはただの机上の空論ではないでしょうか」

大人しく話を聞いていた薊が割って入った。

「確かに空洞淵様の詭弁《きべん》によると、綺淡様の封印が解かれたのは、ここ二十日以内ということになるのかもしれません。しかし、実際にひと月まえにもう〈死神〉の被害に遭われた方がいるのですから、その仮定には何の意味もないのではありませんか？」

「本当にそう思うかい？」

あくまでも余裕の笑みで空洞淵は応じる。どこか腹立たしそうに薊は眉を顰《ひそ》めた。

「……何か、含みがありそうですね」

「この仮説には、ある新しい示唆《しさ》がある」

空洞淵は淡々と告げた。

「つまり——最初の頃の〈死神〉の被害者は、綺淡さんとは何の関係もなかったんだ」

2

三度《みたび》、深夜の目抜き通り。

吹き荒《すさ》ぶ冷たい風に身体を震わせながら、空洞淵は一人立っていた。

近頃はすっかり〈死神〉の噂が浸透したためか、深夜に出歩く人もとんと減った。

だが、そのおかげで人目を気にせずにこうして待てるのだから、今回ばかりはありがたい。普段ならば、さすがにこの時間に外で一人ただ立っているのは憚《はばか》られる。

夜は怪異たちの時間なので何をされるかわかったものではないためだ。特に空洞淵は、怪異好みの匂《にお》いがするらしいので、怪我《けが》をしたくなければ不用意に出歩いて怪異を刺激するような真似《まね》は避けるべきだろう。

幸いなことに、今は死神——御巫《みかなぎ》神社の初代巫女《みこ》である綺淡が夜の街を徘徊《はいかい》している影響か、怪異たちもすっかり大人しくしているため、こうして不用意にでも深夜に出歩けるのだった。

時刻は間もなく丑三《うしみ》つ時《どき》——。鬼門が開き、人ならざるモノが跋扈《ばっこ》する頃。

かつて、空洞淵が〈幽世〉へ連れて来られたとき、〈白銀《しろがね》の愚者〉月詠は、〈幽世〉というところは生きるも死ぬも己次第なのだと言っていた。

だが、すぐに綺翠や金糸雀と出会い保護されたので、空洞淵自身で生死の境界に立っている、という自覚を持った瞬間は案外少ない。

いつだって、空洞淵の隣には心強い相棒である綺翠がいてくれたから——。

しかし、その綺翠も今はいない。頼れる〈金色《こんじき》の賢者〉金糸雀にも、外してもらっている。

つまり空洞淵は今、正真正銘誰の保護もない状態で、危地に立っていることになる。

生と死の境界。

空洞の淵へ——。

本当は金糸雀や薊に同行してもらうべきだったのだろうけれども……待ち人がそれを嫌うと思ったので外してもらったのだ。

これから空洞淵がしようとしていることは、争いなどではなく、ただの話し合いなのだから、できれば相手の気持ちを硬化させるようなことはしたくない。

そのとき、チリン、と乾いた鈴の音が耳朶《じだ》に響いた。

何故か懐《なつ》かしさすら覚えながら、音のほうへ視線を向ける。

暗闇《くらやみ》の向こうから、ぼうと白い貌《かお》が浮かび上がった。

「――霧瑚《きりこ》様」

相手は、僅《わず》かに驚きをはらんだ顔を見せた。

「あなたも懲《こ》りませんね。こんな時間に出歩いて……何かあったらどうするつもりなのですか」

喪服を思わせる漆黒の着物に白鞘《しろさや》小太刀を帯びた女性――綺淡は、呆《あき》れたように白い息を吐いた。

空洞淵は、気さくに片手を挙げて挨拶《あいさつ》する。

「こんばんは。そろそろあなたが現れる頃だと思って待っていました」

「今日は金糸雀や犬ころは一緒ではないのですか？」

「ええ。あなたと二人きりで話がしたかったものですから」

「あら」嬉《うれ》しそうに綺淡は頬に手を当てた。「それはそそられるお誘いですね。年端もいかない小娘よりも、私の大人の魅力に惹《ひ》かれてしまわれましたか」

「……綺翠とそれほど年の差は感じませんが」

「まあ、お上手ですね、霧瑚様。私は二十二のときに山に籠《こ》もったので、肉体年齢で言うならそのあたりになるでしょうか。あの子より二つほど年上になりますね」

「…………」

まもなく三十路《みそじ》の空洞淵からすれば大差ないように思えるが、きっとそのあたりの年代では大きな隔たりのようなものがあるのだろう。かつては自分も通ったはずの道だったが、まったく思い出せなかった。

柔和な雰囲気を醸していた綺淡だったがすぐに、そんなことより、と硬質な冷たい声で話題を変えた。

「いったい私に何のお話があるのでしょうか？　それもたった一人でなどと……命知らずな。いくらあなたが守弥様によく似ているからといって、あまり私を甘く見ていると……痛い目を見ますよ」

鋭い目付きで空洞淵を睨《にら》んでくる。恐ろしいほど顔の造作が整っていることもあり、とても迫力がある。しかし、それでも——空洞淵は一切恐怖を覚えなかった。

穏やかな笑みを湛《たた》えたまま、空洞淵は答える。

「僕はただ、あなた方の目的についての仮説を聞いていただきたいだけですから、そう怒らないでください。長い話にもなりませんし」

「――わかりました」

微かな警戒を滲ませながら、綺淡は頷いた。

チリン、とまた帯の鈴が鳴った。

「今日の朝、あなたが封印されていたという洞窟へ行ってきました。随分深い山奥にあって、なかなか苦労しましたよ」

世間話でもするような気軽さで、空洞淵は語り始めた。

「そのとき、色々と調べさせていただいたら、どうもあなたの封印が解かれたのは、街で最初の〈死神〉騒動が起こったよりも、後である可能性が出てきたのです」

綺淡の、細筆で描いたような形のいい眉が、ぴくりと動いた。

「それでは――矛盾が生じるのではありませんか？」

「そう、大いに矛盾するのです」大仰に頷いてみせる。「この矛盾をどう解消すればいいのか、僕は悩みました」

「悩むほどのことではないのでは？　ただ初めの見立てが間違っていただけでしょう。私の封印は、〈死神〉騒動よりもまえに解かれていた。それだけのお話です」

「そうかもしれません。しかし、そうではないかもしれません」

あくまでも穏やかに語る空洞淵。綺淡は不審そうに眉を顰める。

「回りくどいですね。では、そうではないのだとしたら。霧瑚様の初めの見立てが正しかったとしたら、この矛盾はどのように解消されるおつもりなのです？」

対抗するように、挑発的な物言いをする綺淡。空洞淵は変わらず続ける。

「矛盾を解消する方法――。随分悩みましたが、ようやくその答えに気づきました。そもそも……矛盾など初めからなかったのです」

　再び綺淡の眉が動いた。

「矛盾が、初めからない？」

「そうです。つまりこれは、一つの事実として受け入れるべき事象だったのです。あなたの封印が解かれるよりもまえに、〈死神〉騒動は始まっていた――これが真相です」

　一陣の風が通りすぎた。あまりにも鋭利な寒気《かんき》だったが、二人とも身震い一つせず、互いの目を見つめていた。

　風に綺淡の長い髪が靡《なび》く。空洞淵の元へ、どこか懐かしい甘い香りが届いた。

「では、そもそも〈死神〉騒動とはいったい何なのか、という説明に移りたいと思います。といっても、それもまた複雑な話ではありません。街では、密かにとある病が流行しつつありました。しかし、それが落語の『死神』の影響を受けて、怪異として認識されてしまったのです」

「……とある病とは？」

試すように尋ねる綺淡。空洞淵は、〈死神〉の目を真《ま》っ直《す》ぐに見返して答えた。

「――嗜眠性脳炎です」

3

嗜《し》眠《みん》性脳炎は、原因不明の流行性脳炎だ。

多くは、インフルエンザなどの急性熱性疾患に付随する形で発症すると言われているが、現代に於《お》いてもその原因は解明されていない。

症状としては、発熱や頭痛などの急性期を経た後、嗜眠期と呼ばれる長い睡眠期間に入る。この嗜眠期の状態は人によって様々なようで、呼び掛ければ起きて会話をしたり、トイレに起きたりする人もいるようだ。しかし、結局またすぐに眠ってしまう。

重症化すると、昏睡《こんすい》から麻《ま》痺《ひ》に至り、そのまま死を迎えることもある。

治療には、レボドパと呼ばれる脳内のドパミン量を増やす薬剤が用いられるが、一時的な症状の改善効果しかなく、根治にまでは至らない。

　主にヨーロッパを中心に、数回の流行が確認されているが、日本でも大正の頃に各地で確認され、その数は数百人を優に超えたとされている。人々の間でも『眠り病』として恐れられていたらしい。

　ただし、当時は日本脳炎やインフルエンザ脳症との鑑別もなく、すべて一緒くたにされていたようなので、現在はその報告の正確性が疑問視されているという。

「かなり初期の頃に〈死神〉に魂を奪われた人は、長い眠りに就くまえに頭痛や発熱といった太陽病——所謂《いわゆる》、急性熱性疾患の症状を呈していました。これは嗜眠性脳炎の症例と一致しています。つまり、本当に初期の〈死神〉被害者は、あなたの存在とは一切関係なく眠りに就いたとしても、矛盾はないのです」

　死神の美女は何も言わずに、ただ大きな瞳で空洞淵を見つめていた。

「では、近頃街で本当に起こっていたこととは何なのか。まず、インフルエンザ様の急性熱性疾患の流行に付随する形で、嗜眠性脳炎を発症する人が少しずつ増えていきました。嗜眠性脳炎は、僕がかつて暮らしていた〈現世〉においても、治療困難な難病です。このままでは、かつての〈幽世〉と同じようにまた多くの人が犠牲になってしまう。さらに困ったことに、あなたを〈疫病神〉とすることで生み出された、〈病に罹《かか》りにくい〉という感染怪異も今やほとんど効果を失ってしまっている。月詠は、この状況を予測していたので、それを防ぐため事前に策を用意していました。それが、落語『死神』とあなたです」

冷え切った冬の夜空に、空洞淵の声は朗々と響く。

「治療困難な病の流行を食い止めるためには、印象的な感染怪異によってそれを上書きしてしまうしかありません。これは、かつて月詠が神籠村の一件のときに用いたのと同様の企《たくら》みです。つまり月詠は、今回もまた〈幽世〉を守るために、〈死神〉騒動を演出していたのです」

〈幽世〉の基本法則——あらゆる怪異は、人々の認知によって生じる。

噂として広まり、それが一定数以上の人に認知された瞬間、〈伝奇ミーム〉は現実そのものを書き換えて、〈噂〉を真実にしてしまう。

月詠と綺淡はこの理《ことわり》を利用して、嗜眠性脳炎による昏睡という現実を『〈死神〉に魂を刈り取られたため』という新たな〈噂〉によって上書きしたのだ。

その結果、嗜眠性脳炎によって昏睡していた人々は、〈死神〉に魂を刈り取られたとして、ただの深い眠りに就くことになった。

現実が書き換えられ、原因不明の不治の病が、ただの怪異に落とし込まれたのだ。

いつか綺翠は言っていた。月詠は〈幽世〉や金糸雀を嫌うような存在ではないと思っていたと。

巫女のその印象は、やはり正しかったのだと、空洞淵は今になって思う。

すべてではないかもしれないけれども、少なくとも一部に関しては、月詠は〈幽世〉のために騒動を起こしている。

それは紛れもない一つの事実と見ていいだろう。

「この企みの一番の問題は、嗜眠性脳炎と〈死神〉を如何《いか》にして結びつけるかというところにあります。ただあなたという死神が現れて、人々の魂を刈るというだけでは、両者が感染怪異として結びつかず、上手《うま》く現実改変を行えない可能性があります。従って、嗜眠性脳炎にある程度先行してもらい、〈原因不明の眠り病〉が多少広まった段階で、実はそれは〈死神〉が魂を刈っていたためだ、という人々の認知を得る必要がありました。そのため、初期の嗜眠性脳炎の発症と、あなたの封印が解かれた時期に僅かなズレが生じたのです」

先行した嗜眠性脳炎を、〈死神〉の仕業であると人々に認知させることで、嗜眠性脳炎という治療困難な疾病《しっぺい》を、〈死神に魂を刈られた〉という感染怪異によって上書きする。

月詠の目的は、実に理に適《かな》っていてわかりやすい。

「あなたが〈死神〉の実体として選ばれたのは、綺翠と同様、あなたにもある種の現実改変能力が備わっていたためでしょう。もしかしたら、〈幽世〉の人々が持っている〈病に罹りにくい〉という感染怪異自体が弱体化してしまった今、もはやあなたが封印されている理由はないと判断してあなたを解放したのかもしれませんが、正確なところは不明です」

綺翠には、〈破鬼の巫女〉として他の祓い屋にはない特別な力が宿っている。それが現実改変能力――つまり、〈幽世〉の現実をある程度書き換える力だ。この力は、初代巫女である綺淡から脈々と受け継がれているのだという。

金糸雀は、綺淡が力を悪用することで街の人の魂を刈っていた、と考えていたようだが、それは正確ではなかった。

綺淡は魂を刈っていたのではなく――ただ、人を長く眠らせるというほとんど無害な感染怪異を付与していただけなのだ。

すべては、街の人々を原因不明の感染症から守るために。

もちろん本当は、綺翠や綺淡の現実改変能力で、嗜眠性脳炎自体をなくしたり、あるいは感染者を治療できたりすればよいのだろうけれども、さすがにそこまで都合よく何でも現実を書き換えられるわけではないらしい。

綺淡にできることは、せいぜい人の意識を刈り取ったと見せて、ある程度長い期間眠らせることくらいだったのだろうけれども……この一件では見事にそれが嵌《は》まった。

「いずれにせよ、すでに嗜眠性脳炎という現実は、〈死神〉による魂刈りという感染怪異によって上書きされました。もはやあなた方が危惧《きぐ》するような嗜眠性脳炎の感染爆発は起こりえません。だからもう――死神を、疫病神を演じなくてもいいんです」

金糸雀は、この三百年で綺淡が変わってしまったという可能性を恐れていたが、結局は杞憂《きゆう》だった。

御巫綺淡は、今も尚《なお》、〈幽世〉のことをきっと誰よりも大切に思っている――。

反論一つ挟まずに話を聞いていた黒衣の死神は、小さく白い息を吐いた。

「――さすがは、守弥様の御後胤《ごこういん》ですね。大変聡明でいらっしゃいます」

観念したように、首を振る。

「まさしくおっしゃるとおり。私は月詠の望みを叶えるために、死神を演じておりました。私が襲った方は皆、ただ深い眠りに就いているだけで命に別状はありませんので、どうかご安心ください」

どうやら推理はそれなりに当たっていたらしい。空洞淵は、緊張を解いて胸をなで下ろした。

「……あなたが悪い人でなくてよかったです。できれば、あなたのことは恨みたくなかったので」

「私があの子の先祖だからですか？」

「もちろんそれもあります。でも、それだけじゃなくて……」

空洞淵は言葉に詰まる。上手く感情を言語化できない。

たぶん、直接の血の繫《つな》がりはなかったとしても、自分の先祖が一度は愛した人に悪感情を抱きたくなかったのだろう。でも、そんなことをわざわざ言うのも何だか気恥ずかしいので空洞淵はそのまま黙っておく。

「いずれにせよ、そろそろ潮時と思っておりました」

綺淡は硬かった表情を緩めた。

「月詠の目的は無事に果たせたようですし、これ以上犠牲者を増やし続けるのもよろしくないと思っておりましたので、霧瑚様にこうして問い詰めていただけたのはよき落とし所であったかと思います。ご面倒をお掛けいたしましたが、ありがとうございます」

両手を揃えて、丁寧にお辞儀をする。肩口から長い髪が滑り落ちた。

「一つだけ教えてもらってもいいですか？」

「なんでしょう？」綺淡は顔を上げた。

「祓い屋を優先的に狙《ねら》っていったのは何故ですか？　特に綺翠は……正直やり過ぎのように思いました」

「一つは、私たちの目的を遂行しやすくするためです。死神の噂を行きわたらせるためには、多少の時間が掛かります。その間に近くをうろちょろされても鬱陶《うつとう》しいだけなので眠ってもらいました。こう言っては何ですが、簡単な仕事で拍子抜けしてしまいました」

綺淡は小難しげに口を曲げた。

「もう一つは、今、〈幽世〉を守っている祓い屋たちの実力を見極めておこうと思ったためです。ただ、まさかここまで手応えがないとは思わず、逆に戸惑いました。あの体たらくでは、薊程度の怪異が暴れても、苦戦するのではないでしょうか」

薊が実際にどの程度強大な怪異なのかは空洞淵もよくわかっていないけれども、できれば暴れてほしくないなと切に思う。

「しかし……これもまた定めなのかもしれませんね」

どこか清々しささえ見せながら、綺淡は耳元で髪を押さえて、風を浴びる。

「祓い屋たちが、過去に生きた私と比べて弱くなっているというのは、その分世の中が平和であることの証左でしょう。今の彼女たち程度の強さであっても十分に〈幽世〉の秩序を守れるのだとしたら、過分な強さなど持っていたところで逆に争いの種になりかねませんから」

確かに秩序維持のためにある程度の力は必要だろうが、それも度を越せば新たな火種になりかねない。実際〈現世〉でも、抑止のための力によって世界中の国同士が互いに威《い》嚇《かく》し合い、時に衝突してしまっている。

伝家の宝刀は抜かないからこそ価値がある。しかし、何かの拍子に抜かざるを得なくなったとき——取り返しの付かないことに繋がってしまう。

だから祓い屋が過分な強さを持たずに済んでいる今の〈幽世〉の状態というのは、本当はとても奇跡的で尊いことなのかもしれない。

「あるいは、いずれは私たちのような祓い屋すら必要ない、人と怪異が共に暮らす真に平和な社会がやって来るのでしょうか」

「……そうなったら、素敵ですね」

空洞淵が生きているうちに、あるいはこの〈幽世〉に留まっているうちに、そんな未来が訪れたらいいなと思う。

「さて——少し長話をしすぎましたか。人の身である霧瑚様には、この冷たい夜風が応《こた》えましょう」

　気遣うように空洞淵を見やる綺淡。

　緊張を解いたことで、先ほどまでよりも厳しく寒さを感じてしまい空洞淵は大きく身震いをした。

「……そうですね。さすがにこうも夜の散歩が続くと、なかなかに厳しいものがあります」

「あら。よろしければお身体を温めて差し上げましょうか？　私の人肌で」

　一歩歩み寄り、至近距離から試すような視線を向けてくる。空洞淵は再び身震いをして首を振る。

「……いえ、遠慮しておきます」

「冗談ですよ。霧瑚様は守弥様に似て、素直で真面目《まじめ》ですね」

　そこが可愛《かわい》いのですが、と僅かに名残惜しさを匂《にお》わせながら一歩離れる。

「私は、街を離れようと思います」

　手を後ろで組んで、伸び上がるように空を見上げながら綺淡は言った。

「私の顔はもう皆に割れていますからね。街に居場所はありませんし……それに、三百年ぶりに〈幽世〉を見て回りたくも思います。以前は、巫女としての役割や、娘の世話などもあり旅に出ることなど考えもしませんでしたが……これもよい機会です」

寂しげに、綺淡は微笑《ほほえ》む。

そこでようやく空洞淵は、この女性は愛する我が子の成長も見守れないまま、娘と今生の別れを迎えてしまったのだと気づく。〈幽世〉の人々を救うためとはいえ、如何につらい決断だったことか。

「……もしよければ、たまに神社へ遊びに来てくださいよ。あなたのお嬢さんがおなかを痛めて産んだ子の末裔《まつえい》が、今も元気に暮らしていますから」

「そういえば、今代の巫女は姉妹なのでしたね」

「ええ。姉が綺翠で、妹は穂澄《ほずみ》と言います。どちらも真っ直ぐで、少しだけ頑固な――いい子ですよ」

「――そう、ですか」

少しだけ嬉しそうに、綺淡は顔を綻《ほころ》ばせた。

「あの子――綺翠には少しつらく当たってしまいましたから嫌われてしまったかもしれませんが」

「きちんと話せばきっとわかってくれますよ。綺翠は、とても優しい子ですから」

「――あの子が、羨《うらや》ましいですね」

綺翠よりも圧倒的に強いはずの綺淡が、綺翠の何を羨むというのだろうか。空洞淵には意味がよくわからなかったけれども、綺淡がとても満足げな顔をしていたのでそれ以上は余計なことを言うのをやめた。

「……そうでした。肝心なことを忘れるところでした」

綺淡は、すぐにいつもの平坦《へいたん》な口調に戻る。

「もしも綺翠が目を覚まして、剣の才もないのに再び祓い屋稼業を始めようとしたならば――」

そう言って彼女は、帯びていた小太刀を鞘に納めたまま腰から外して空洞淵に差し出した。

「――これを代わりに使いなさい、と伝えていただけますか」

困惑しながらも空洞淵は、白鞘小太刀を受け取る。刀身は打刀《うちがたな》より短いがずしりと重たい。

「これは、御巫神社の宝刀です」

「……宝刀？」

「はい。私が封印されていた洞窟の中に祠があるのですが……。私が疫病神としてあの祠に祀《まつ》られた際、宝刀として共に奉納されたのがこの刀です」

話の行き着く先がわからず、空洞淵は黙って耳を傾ける。

「私が〈破鬼の巫女〉として〈幽世〉で活動する際、どうしても強力な霊刀が必要になったので、共にこちらの世界へ移ってきた著名な刀匠に依頼をして、霊刀を打っていただきました。打たれた二本の霊刀のうち、より出来のよかったこの刀を、宝刀として祠に奉納してもらったのです。言うなれば、〈御巫影断《かげたち》・真打ち〉というところでしょうか。さらにその宝刀に私が三百年掛けてたっぷりの霊力を注ぎ込んだ、一種の妖刀《ようとう》でもあります。つまり、私があの子の〈御巫影断〉を破壊できたのは、腕の差ももちろんありますが、大部分は得物の差であったわけです」

ようやくそこで、空洞淵は合点がいった。

いくら剣の腕に差があったとしても、あそこまで一方的に綺翠がやられるのはおかしいとずっと思っていた。綺翠は、剣の才を持って生まれてこなかったかもしれないが、血の滲むような努力によってその欠落を埋め、今や〈幽世〉最強の祓い屋になっているのだ。本来であれば、もう少し善戦して然るべきだろう。

だが、そもそもの刀にそれだけの差があったのであれば致し方ない。

空洞淵は、綺翠の努力が否定されたわけではないことを知って、堪《たま》らなく嬉しくなった。

「――きっと、彼女はまた祓い屋を続けると思います」

「……私の子孫であれば、そうするでしょうね」

まるで未来を予見したかのように、綺淡は苦笑した。それから帯紐に付いていた二つの鈴のうちの一つを外して差し出してくる。片手は提灯《ちょうちん》で塞がっていたため、仕方なく小太刀を見様見真似で腰に差し、手が空いたところで改めてそれを受け取る。

「こちらは霧瑚様、あなたに」

「これは？」

「守弥様からいただいた私の大切な宝物です」

意外な言葉だった。空洞淵は慌《あわ》てる。

「そんな大切なもの受け取れませんよ！」

「いえ、あなたに持っていていただきたいのです」

綺淡は鈴を持つ空洞淵の手を包み込むように、両手を重ねた。死神と呼ばれ、恐れられた女性の手は、ほのかに温かかった。

「守弥様もきっとそれを望んでいることでしょう。二つあるうちの片方は変わらず私が持ち続けますから、どうか霧瑚様はお気になさらず。必ずや守弥様は、あなたに加護をもたらしてくださるはずです」

綺翠に似た女性に急に手を握られては、さすがの空洞淵も狼狽《うろた》えてしまう。

まるでその反応を楽しむように口元を緩めて微笑みつつ、綺淡は名残惜しそうにすぐ手を離した。

「――それでは、そろそろ参りましょうか。あまりお話しすると未練が残ります」

空洞淵は肝心なことを確認し忘れていたので、慌てて尋ねる。

「あの、綺翠はちゃんと目覚めるのでしょうか？」

「もちろんです。何事もなかったかのように目を覚ますことでしょう。ただし、それがいつになるかは私にもわかりません」

「……いつ目覚めるか、わからないんですか？」

空洞淵は目を丸くする。綺淡は、はい、と頷く。

「私の能力は、あまり使い勝手がよろしくなくて、〈しばらく眠り続ける〉という新たな感染怪異を付与するだけで、具体的にいつ目覚めるようにするか、といった細かい調整はできないのです。一週間後か、一ヶ月後か……さすがに一年ということはないと思いますが、これぱかりはそのときになってみなければわかりません。個人差もあるでしょうし」

それでは困る。いくら命に別状はないと言っても、何ヶ月も綺翠と会話ができないと思うと、空洞淵は急に不安で仕方がなくなった。

「で、では、あなたの力で、感染怪異を祓ってください。現状、〈幽世〉の祓い屋はあなたしかいないのですから……」

「残念ながら……それも無理なのです。私が付与した感染怪異を、私が祓うことはできません。つまり、これはもう我々にはどうしようもないことなのです」

申し訳なさそうに目を伏せる綺淡だったが、空洞淵は目の前が暗くなって二の句が継げなくなってしまった。

確かに、嗜眠性脳炎がある程度広まったら、その後は可及的速やかに綺淡の感染怪異を広める必要があった。だから被害者の命を危険に晒《さら》さないことを最優先にして、それ以外のことに気を配る余裕なんてなかったのかもしれない。

だが……この結末は……！

絶望のあまり膝《ひざ》をつきかける空洞淵だったが——。

「——一つだけ、方法があるかもしれません」

その言葉に、空洞淵は急いで顔を上げる。

綺淡は、また黒真珠のような眼でじっと空洞淵を見つめていた。

「その答えは——霧瑚様、あなたの中にあります」

「僕の……中？」

まったく見当も付かなかったので、思わずおうむ返ししてしまう。

「ええ。あなたが〈幽世〉へやって来てから、見聞きしたこと、感じたこと、経験したこと……そのすべてを結実させることができれば、綺翠を目覚めさせることもできるでしょう」

綺淡の言葉は曖昧《あいまい》で抽象的で、やはりよくわからない。

自分の経験など、何の役に立つというのか。

頭を抱えたくなるが、そこで綺淡は穏やかに微笑んだ。

「——大丈夫ですよ、霧瑚様。あなたなら、できます」

「……え？」

「どうか自分を信じてあげてください。あなたは守弥様の……私が生涯で唯一《ゆいいつ》愛した方の、子孫なのですから。すべては、運命の流れのままに——」

最後にぺこりとお辞儀をすると、綺淡はきびすを返し、そのまま歩き去って行ってしまった。

虚空《こくう》に手を伸ばすが、その先にはもう誰もいない。

そのとき、一陣の風が通りすぎた。
提灯の中で灯っていた消えるはずのない蠟燭《ろうそく》の火が不安定に揺らめく。
心にざわつきを覚えながら、無意識に呟く。
「あぁ……消える……」
その刹那、蠟燭の火は一瞬大きく揺らめいて、ふっと消えた。
あとには静けさばかりが残されていた——。

4

神社へ戻ると、空洞淵は自室に籠もった。
火鉢に火を入れる間も惜しんで、部屋の真ん中に座り込みひたすらに思考を巡らせる。
綺翠を救うために自分ができることは、それしかなかったから。
先刻の言葉が、頭の中で何度もくり返されている。
綺淡は言っていた。皆、命に別状はなくただ眠っているだけであると。
ならば、起こすこと自体は何も問題がないはずだ。

問題は外的な刺激に対して一切の反応がないこと。つまり、起こす方法がないのだ。

　ここが〈現世《うつしよ》〉であるならば、嗜眠性脳炎にも用いられるレボドパや、あるいは覚《かく》醒剤《せいざい》――つまり眠気を飛ばす薬を用いることで、強制的に目覚めさせることもできるのだろう。

　金糸雀に頼めば、そういった〈現世〉の薬剤も手に入るかもしれないが……できればそれは最終手段にしたかった。

　綺淡は、空洞淵ならば何とかできると言っていたのだ。彼女の言葉を信じたかったし、彼女の期待に応えたかった。

　そして何よりも――自分の力で綺翠を救いたかった。

　今まで散々綺翠に助けられてきたのだ。綺翠がいなければ軟弱な空洞淵などとっくに野垂れ死んでいた。綺翠には、生涯を掛けても返しきれないほどの恩がある。

　だからその恩義に、今こそ報いたいと思ったのだ。

　しかし――その取っ掛かりが何もなかった。

「……あの人は何故あんなことを」

　綺淡の言葉を思い出しながら独り言《ご》つ。

　空洞淵が〈幽世〉へやって来てからのすべてを結実させるというのは、いったいどういうことなのだろうか。

考えてもわからないので、とにかく今は自分にできることから手を着けて行くしかない。

といっても、空洞淵にできることなど、漢方以外には何もないと言ってもいい。だから、漢方で綺翠を救う方法を模索するが……当然、眠り続ける人を起こす処方などという都合のいいものは存在しないので、そこで思考が止まってしまう。

空洞淵が信奉する『傷寒雑病論《しょうかんざつびょうろん》』に収録された処方で、睡眠にまつわるものは確かにいくつかある。

「たとえば、酸棗仁湯《さんそうにんとう》……」

秋の騒動のときにも使用したものだが、これは基本的に不眠症や過眠症に用いられるものであって今回の証《しょう》には適用できない。

何より脈が全然違う。酸棗仁湯は虚労の人に用いるが、綺翠の脈は多少沈んで遅いけれども基本的には健康だ。証が異なれば当然薬も効かない。漢方は西洋薬のようにとりあえずで飲んで効くようなものではないのだ。

それから空洞淵は考え方を少し変える。

これまでは一般処方の中から、今の綺翠に使えそうな処方を探していたけれども、普段使わない処方も参照してみることにした。

『傷寒雑病論』は、千八百年近くまえに編纂《へんさん》された処方集だ。それだけ古いと中には使い方がよくわからない処方というものもいくつか存在する。

当時は印刷技術も発達していなかったので、基本的には写本によって広められて後世にまで伝えられてきた。その過程で誤記や錯簡《さっかん》、意図的な加筆などが起こり、そういったよくわからない記述が増えていったと言われているが……中にはそうではないものも混じっているかもしれない。

つまり、当時は意味があったけれども、現代では意味が通じない、本物の処方。

一縷《いちる》の望みを懸けて、空洞淵は『傷寒雑病論』を頭から反復していく。

「……!?」

『金匱要略《きんきようりやく》』の終盤「雑療方」に記載されたある処方を思い出して、気がつくと駆け出していた。

幸いなことにすでに夜は明け、空は新しい一日の始まりを誇示するように晴れ渡っている。空洞淵は、早朝の清澄な空気を切り裂きながら神社を飛び出す。

転がり落ちるように長い石段を下り、伽藍堂《がらんどう》を目指して懸命に駆ける。

それほど距離があるわけではないが、全力疾走で向かうとなるとさすがに厳しいものがある。店に着いたときにはすっかり息も上がって、まさに這々《ほうほう》の体《てい》という状態になっていた。

重度の疲労と寝不足が重なり、意識が遠のき始めるが、動かない身体《からだ》に鞭《むち》を打って、空洞淵は手早く調剤を行い、その場で煎《せん》じ始める。

「……早く早く……綺翠……ッ！」

安定して火が点かない炭にさえじれったさを覚えながら、弱火で煎じていく。

四半刻《しはんとき》ほどかけて煎じ終えたので、煎液を小瓶に詰めて、再び神社へとって返す。

思いどおりに動かなくなった足がもつれて、途中で何度も転びながらも、空洞淵は一心に大切な人のことを思って気迫だけで前へ進んでいく。

最後の難所であった神社への長い石段をどうにか上り切ったところで、鳥居の下には見覚えのある長身の黒い影が立っていた。

「おや、空洞淵様。このような朝早くからみすぼらしい酷《ひど》い格好ですね。その辺の捨て犬のほうがまだマシなのでは――」

開口一番に皮肉を言ってくる賢者の従者、薊を無視して、空洞淵は母屋《おもや》へ急ぐ。

綺翠の寝室には、金糸雀が待っていた。

「――主《あるじ》さま」空洞淵の格好を見て驚いたように目を丸くする。「いったいどうされたのですか。泥だらけで……血も滲んでいるではありませんか。まさか綺淡にやられて……？」

そういえば、金糸雀は月詠が関与している綺淡絡《がら》みの事象は〈千里眼〉で認識できないのだったか。

空洞淵は、息も絶え絶えに昨夜のことを手短に語る。

金糸雀は、綺淡が昔と何も変わっていなかったことを知ると、安堵《あんど》の息を吐いた。

「――そう、でしたか。ならばせめてもう少し話がしたいところですが……今回のところは大目に見ましょう。生きていれば、いずれまた会う機会もあるでしょうから」

それから改めて空洞淵の様子を見やり、金糸雀は眉《まゆ》を顰《ひそ》める。

「それにしても……綺淡が何かをしたわけでないのなら、主さまのその格好はいったい……？」

「綺翠の……目を覚まさせる方法を思いついたんだ」

呼吸を整えながら空洞淵は答えた。穂澄が持って来てくれた水を一気に飲んで、ようやく人心地《ひとごこち》が付く。口元の水気を無造作に着物の袖《そで》で拭《ぬぐ》い、空洞淵は続ける。

「綺淡さんに襲われた人は、〈しばらく眠り続ける〉という新たな感染怪異を付与された。綺淡さんによれば、それは本当にただ眠り続けているだけなので、起こせるのであれば起こしても問題ないらしい」

「しかし、主さま。普通の外的刺激には反応しないのですから、どうしようもないのではありませんか……？」

金糸雀の問いに、空洞淵は頷《うなず》く。

「そう。だから僕もずっと悩んでいた。どうすれば目を覚まさせることができるのか……。頼みの漢方にも、寝ている人の目を覚まさせるような処方はない。もう駄目かもしれないと諦《あきら》めかけたところで……あることを思い出したんだ」

「あること、でございますか？」

「漢方には、寝ている人の目を覚まさせるような処方はないけど……魂を肉体へ戻す、処方ならあるんだ。それが——還魂湯《かんこんとう》という処方だ」

救卒死客忤死還魂湯主之方

『金匱要略』によると、この処方は様々な理由により仮死状態になった人の魂を呼び戻すことができるらしい。

明治の漢方家、湯本求真《ゆもときゅうしん》は肺炎で死にかけた子どもをこの還魂湯によって治癒せしめたと言われている。

卒死《そっし》や客忤《かくご》というのは、突然意識不明に陥ること、あるいは前後不覚になってしまうことを指す。

麻黄《まおう》、杏仁《きょうにん》、甘草《かんぞう》の三味からなるこの処方は、麻黄湯から桂皮《けいひ》を抜いたものとも解釈できる。この中で今特に重要になってくるのが麻黄だ。

麻黄の主成分であるエフェドリンには交感神経興奮作用がある。平素身体の弱い人が、麻黄の含まれる処方を飲むと動悸《どうき》がしたり眠れなくなったりするのはこのためだ。

エフェドリンの興奮作用を利用して、アメリカではナルコレプシー、所謂『居眠り病』の治療にも用いられている。また十パーセント以上エフェドリンが含まれるものは覚醒剤原料にも指定されている。

魂を刈り取られ、眠り続ける今の状態にはまさにうってつけの処方であると言える。

「そんなお薬があるんだ……すごいね！」

一緒に話を聞いていた穂澄が嬉《うれ》しそうに胸の前で拳《こぶし》を握る。

「それじゃあすぐにお姉ちゃんに飲ませてあげよう！　お兄ちゃんのお薬なら、きっと目を覚ましてくれるよ！」

穂澄は太鼓判を押してくれるが、それでも空洞淵はここへ来て躊躇《ちゅうちょ》してしまう。

「……」

もしもこれで駄目だったら本当にもう打つ手がなくなってしまう。綺翠が眠りに就いてからというもの、空洞淵は自分の無力さにほとほと嫌気が差していた。

つまり、完全に自信を喪失していた。

この世界での自分の唯一の存在価値である漢方でさえも、綺翠の役に立てなかったとしたら……もう立ち直れないかもしれない。

急に言いようのない恐怖に襲われて、薬の入った小瓶を持つ手が震える。

静かに眠り続ける綺翠の横顔を見つめながら葛藤《かっとう》していると——。

「——主さま、どうかご自身のお心に従ってくださいませ」

〈国生みの賢者〉は穏やかな、しかしどこか憂いを帯びた笑みを湛《たた》えて空洞淵を見つめていた。

自身の心に従う——。なるほど、確かにそれができれば一番いいのだろう。

自分の感情に素直になって決めたことならば、仮に失敗してもある程度の満足は得られるのかもしれない。

しかし……空洞淵にはその肝心な自身の心がよくわからなかった。

自分は――この静かに眠り続ける女性のことをいったいどう思っているのか。

連日の寝不足と疲労で、意識は半ば朦朧《もうろう》としていた。

それでも空洞淵は、ひたすら自身の心を求めて、思考を巡らせる。

この世界へやって来てからというもの、空洞淵の側にはいつも綺翠がいた。

常に冷静沈着なので、最初の頃は何を考えているのかよくわからなかったけれども、共に暮らし、彼女の人となりを知ることで、少しずつ彼女の思っていることがわかるようになってきた。

空洞淵の人生において、そこまで親しくなった人というのは、綺翠が初めてだった。元より彼は、人付き合いに関して、確実に一線を引いているタイプの人間だ。相手との距離を適切に把握して、自分の領域には必要以上に踏み込ませない、ということを決めていた。

何故《なぜ》と聞かれても上手く答えは出てこない。生まれつきの性分なのかもしれない。

だから親しい友人もおらず、まして恋人など作れるはずもない日々を送ってきた。

それを寂しいと思ったことはない。少なくとも自分にとって孤独は敵ではなかった。

でも――〈幽世〉へやって来て、綺翠と出会って、何かが変わった。

綺翠は、不思議な人だった。

空洞淵と同じく、人と適切な距離を取って、関わり合いを持つタイプであるはずなのに、何故か空洞淵には初めからその線引きを適用しなかった。空洞淵自身もまた、何故か彼女にはいつもの線引きを適用できなかった。

無意識に遠い血縁者だとわかったから――ではないと思う。少なくとも空洞淵は、綺淡から聞かされるまでそんな可能性を欠片《かけら》も考えていない。

それでも空洞淵は、綺翠に心の深いところまで踏み込まれても不快に思わなかった。

戸惑いはすれど――不快ではなかったのだ。

やがて、彼女が隣にいることが当たり前になっていた。

空洞淵にとって、彼女の存在が自分の一部になっていたとも言える。

赤の他人が当然のように自分の中に居座ることなど、人生で一度もなかったことなのだけれども……不思議とそれが心地よかった。

だから空洞淵は、初めての感覚に酔いしれて、そんな毎日が当たり前のようにずっと続くものだと思っていた。

でもそれは――ただの幻想だった。

いつも当然のように隣にいてくれた綺翠がいなくなって、空洞淵の心にはぽっかりと大きな穴が開いた状態になってしまった。

早く彼女の声が聞きたい。静かに隣に佇《たたず》む彼女の温もりを感じたいと切望している自分がいる。

改めて、布団の上に横たわり静かな寝息を立てている綺翠に目を向けた。

穏やかで、どこかあどけなさすら感じるあまりにも無垢《むく》な表情。

きめの細かい雪のように白い肌。長い睫毛《まつげ》。すっと高く通った鼻梁《びりょう》。小さな紅《あか》い唇。

普段あまりまじまじと綺翠を見つめる機会はないが、こうして見ると本当に奇跡的に整った顔立ちをしているのだと改めて気づく。

でも——それは彼女の本質ではない。

外見以上に美しいのは、その内面だ。

真面目で、公平で、聡明で、努力家で、そしてとてもわかりにくいけれども、誰よりも優しい人。

表情があまり変わらず、何を考えているのかわかりにくいところがあるため、怖がられることもあるけれども、綺翠自身はいつだって〈幽世〉の人々のことを第一に考えている。

生まれながらに定められた巫女としての責任を一身に背負いながら、若い身空で

〈幽世〉の中心人物として、懸命に生きているのだ。

　何という気高く美しい精神だろう。

　特に何も背負うことなく、安穏と生きてきた空洞淵には考えられないような境地に彼女はいる。

　ある種の憧憬《しょうけい》すら抱くほどに——。

　だからこそ、空洞淵は早く綺翠に目覚めてもらいたいと思った。

　一刻も早く、綺翠のどこか困ったような優しい笑顔が見たい。

　ここへ来てようやく空洞淵は、自分の中で燻《くすぶ》っていた感情の正体に思い至った。

（僕は……綺翠のことを……）

　心に芽生えた一つの決意。

　それから空洞淵は、自らの為すべきことを再認し、笑みを零《こぼ》す。


「——ありがとう、金糸雀。やっと、答えが見えたよ」

〈金色の賢者〉は、まるで母のような慈愛に満ちた表情で答える。

「わたくしは何もしておりませんよ。しかし、答えを見つけられたのであれば、わたくしもとても嬉しく思います。さあ、主さま。どうかご自身のお力を信じてくださいませ。綺翠は、眠りに就いた今も、主さまのことを信じています」

金糸雀の言葉に、空洞淵は力強く頷いた。

そうだ。これまで綺翠はずっと、空洞淵のことを信じてくれていた。

怪しい〈現世人〉である自分のことを、相棒だと言ってくれた。

ならば今度は、空洞淵がその期待に応える番だ。

自分の漢方の知識と、そしてようやく気づいた綺翠への想《おも》いの二つが合わされば、奇跡だってきっと起こせる。

綺翠は必ず目を覚ます——。

空洞淵は綺翠の枕元に腰を下ろすと、持っていた小瓶の中身を少量口に含んだ。

覚悟を決めて——眠る綺翠に口づけをする。

口に含んだ薬液が、少しずつ彼女の喉《のど》を通っていく。

ゆっくりと時間を掛けて、同じ動作を繰り返す。

薬液を半分ほど飲ませたところで、様子を見るために一度綺翠から身を離す。

眠れる巫女《みこ》は、規則的な律動で胸元を上下させるばかりで大きな変化は見られない。

「やっぱり……無理なのかな……？」

今にも泣き出しそうな湿った声で穂澄が呟く。

しかし、次の瞬間――。

「……ぅ、ん」

小さな唸《うな》り声を上げ、綺翠はおもむろに柔らかく閉じられていた瞼《まぶた》を開いた。

「お姉ちゃん！」

穂澄は泣きながら姉の身体に飛びついた。

「よかったよぉ……」

掛け布団《ぶとん》に顔を埋めて、穂澄はおんおんと声を上げて泣く。

「……」

寝起きのためか、緩慢な動作で綺翠は妹の頭を撫《な》でる。

「……心配かけてごめんなさい」

慈《いつく》しむような手つきで穂澄の艶《つや》やかな髪を撫でてから、綺翠は次いで空洞淵を見た。

「空洞淵くんにも……迷惑を掛けたみたいね」

空洞淵の顔に力なく伸ばされる白い手。

「それにしても……」

綺翠は一度、子どものいたずらを見た母のように口を曲げるが、すぐにおかしそうに苦笑した。

「あなた酷い格好よ。水溜《みずた》まりで相撲でも取ったの？」

いつもどおりの冷静な指摘。

何よりも心待ちにしていた綺翠の声を聞いて、空洞淵の心の堤防は容易に決壊した。

「よかった……本当に、よかった……」

力強く綺翠の手を握りしめて、空洞淵も憚《はばか》ることなく涙を零す。

「……大の大人が、そう気安く涙を見せるものではないわよ」

空洞淵の反応が意外だったのか、綺翠は戸惑いを見せながらも嬉しそうに笑った。

「でも……心配してくれたのね。ありがとう」

空洞淵の涙に釣られたように、穂澄はますます声を高くして泣く。

「うえええん！　よがっだよぅ……もうこのまま一生目を覚まさないかもって、心配で心配で……」

「馬鹿《ばか》ね……私が穂澄を置いていくわけないでしょう……。でも、一人にしてしまってごめんなさい。もう二度と、あなたを一人で不安にさせたりしないから泣かないで。穂澄が笑っていてくれないと、私も悲しいわ」

「うん……うん……！」

顔を上げ、次から次へと溢《あふ》れ出る涙を両の袖で拭いながら頑張って笑顔を作る穂澄。

いい子ね、と綺翠はまた慈しむように優しく妹の頭を撫でた。

そこで金糸雀が、穂澄の肩へ後ろからそっと手を置いた。

「さあ、穂澄。長らく眠っていた綺翠はきっとおなかを空《す》かせているはずですよ。急いで食事の用意をしてあげましょう」

言われてはたと気づいたように、穂澄は、あ、と声を上げる。

「確かに！　気づかなくてごめんね！　すぐにごはんの準備してくるから、少しだけ待ってて！」

言うや否《いな》や、穂澄は駆け足で寝室を飛び出して行った。どうやら普段の調子を少しは取り戻したようだ。

「穂澄一人では大変でしょうから、わたくしも手伝って参りますね。主さま、しばし綺翠のお相手をお願いいたします」

続くように金糸雀は立ち上がり、それから二人へ意味深なウィンクを残して去って行った。

途端、音がなくなり静まり返る寝室。嗚咽《おえつ》が響くのが妙に気恥ずかしかったので、空洞淵は必死でそれを堪《こら》えるが、それでも溢れる涙だけは止められなかった。綺翠の手を強く握ったまま、本当によかった、と万感の思いを込めて呟く。

すると綺翠は一度、細く長い息を吐いてから独り言のように言った。

「あのね……ずっと、長い夢を見ていたの……。空洞淵くんと二人で、ごはんを食べたり、お酒を飲んだり、散歩したり、話したり……。普段と同じことしかしていないのに、とても幸せで満ち足りた、そんな不思議な夢……。夢の中では、ずっと一緒だったから、寂しくなかったわ」

それから綺翠は、切なげな表情で空洞淵を見つめた。

「私は……一人では生きていけないから」

金糸雀が言っていたことを思い出す。

本当の綺翠は、臆病《おくびょう》で怖がりな、どこにでもいる女の子なのだと。

今なら、その言葉の意味が少しだけわかる。

綺翠は特別な存在だけど、やっぱり普通の女の子なのだ。

そのことに気づいたら、急に胸が締めつけられるような想いが湧《わ》き起こる。

だから空洞淵は、半ば無意識にその気持ちを口にしていた。

「……綺翠」

「なあに？」

「好きだ」

「……は？」

綺翠は、起きしなでまだ完全に開ききっていなかった双眸《そうぼう》を大きく見開く。

「……びっくりした。今、一瞬で目が覚めたわ」

白い頬に先ほどよりも赤みが差し、瞳は水気を帯びている。自身の意図が正確に伝わっているか不安だったので、空洞淵はもう一度くり返す。

「綺翠、好きだよ」

「わ、わかったから……！」

とても珍しく狼狽《うろた》えて、それから慌てたように前髪を整えた。

「……まさか空洞淵くんからそんなことを言われるとは思っていなくて。でも、本気なの……？」

「本気だよ。ずっと……きみのことが好きだった。きみを失いそうになって初めて気づくなんて、間抜けもいいところだけど……。それとも――」

急に自信がなくなって眉尻《まゆじり》を下げる空洞淵。

「こういうのは……迷惑だったかな？」

すると綺翠は様々な感情が絡み合った複雑な表情を浮かべてから……結局、苦笑した。

「――まさか。ずっと待っていたくらい。私も空洞淵くんのことが好きよ。大好き」

それから彼女は、少女らしい年相応の無邪気な笑顔を浮かべた。

「あなたさえよければ――これからも私と一緒にいてください」

心に立ち込めていた靄《もや》が、一気に晴れた気がした。今にもスキップで家を飛び出しかねないほど心が浮ついている。

「もちろん。こちらこそ、改めてよろしくね」

ようやく想いを伝え合う。互いに互いを想っていたということが今さらわかるというのも、何だか滑稽《こっけい》な気がした。

そこで綺翠は急に不安げな顔をした。

「でも……いいの？」

「何が？」

「私……あなたが思っているより面倒な女よ……？　普段は冷静を装《よそお》ってるけど、割と感情的だし……。おまけに寂しがり屋で、その……あなたにもっと甘えちゃうかも」

「大丈夫。僕だって、きみが思ってるほどまともな人間じゃないよ。ただ僕は、綺翠にとって、安心して素の自分を曝《さら》け出せるような本当の相棒になれたらいいなと思うよ」

「素敵な提案ね。なら私も、空洞淵くんが泣きたいときに胸を貸せるような相棒にならないと」

　まだ身体を起こすことができないのか、綺翠は布団に横になったまま一度深呼吸をすると、あは、と本当に珍しく声を出して笑った。

「それにしても……空洞淵くんから告白されることになるなんて。せっかく長い眠りから覚めたはずなのに……何だか今でも夢を見ているみたい」

「……僕も夢見心地で頭がふわふわしてるよ。まさか自分が誰かを好きになるなんて、これまで一度も考えたことがなかったから……正直動揺してる」

「なら、お互い夢を見ているのかもしれないわね」

　くすりと笑って、綺翠は空洞淵の頭の後ろに両手を絡めた。

「それじゃあ、これが夢ではないことをお互いに確認しましょう」

「……何をする気？」

「野暮な人ね。——目を瞑《つむ》って」

　言われるまま空洞淵は目を閉じる。綺翠の両手に力が籠《こ》もり、彼女のほうへと引き寄せられる。

　唇に温かく湿った何かが触れた。

先ほど、薬を飲ませるときにも触れたはずなのに、何故かまったく異なる感触がして心臓が跳ね上がる。

きっかり二秒。そのまま静止して、空洞淵はそっと身体を離す。

ゆっくりと目を開ける。綺翠の頬は、ますます朱く染まっていた。

「……どう？　目が覚めた？」

「動悸がしてむしろこのまま永眠しそう」

「あら。あなたにここで死なれるわけにはいかないから、今日はこのくらいで勘弁してあげましょう」

綺翠はとても幸せそうにそう言った。

そのとき、どこからともなくウグイスの声が響いた。

少々気が早すぎるような気もしたけれども。

春はもう、すぐそこまで来ている。

エピローグ

空洞淵《うろぶち》と綺翠《きすい》の交際は、瞬《またた》く間に極楽街中に知れ渡った。

というのも食事の際に真っ先に穂澄《ほずみ》へ報告したところ、食事を終えるや否《いな》や彼女は神社を飛び出し、喜び勇んで街中へ喧伝《けんでん》して回ったためだ。

おかげでその日の午後にはもう、ほとんど街中の人がこのよき知らせを受け取ったといっても過言ではない状態になっていた。

しかし、そうは言っても、すぐに関係が変わるというわけではない。何よりも街ではまだ死神騒動の収拾が付いていない。まずは、そちらの騒動を収めることが先決だ。

綺翠は祓《はら》い屋である朱雀院《すざくいん》と釈迦堂《しゃかどう》の感染怪異を祓って二人を起こしてから、祓い屋三人で協力して、街中の〈死神〉の被害者の元へ行き、彼らの感染怪異を祓っていった。

綺淡に敗れ、霊刀まで折られた綺翠だったが、彼女は一切の躊躇《ちゅうちょ》なく祓い屋を続ける意思を示し、空洞淵から宝刀〈御巫影断《みかなぎかげたち》・真打ち〉を受け取った。

ただし綺淡に敗れたことは、相当腹に据えかねているようで、今度会ったら返り討ちにしてやるくらいには強くならないとね、と妙に恐ろしい笑顔で息巻いていた。

感染怪異のほうは、祓い屋三人の懸命な働きにより速やかに収束していった。吸血鬼騒動のときほど広まっていなかったこともあり、三日も経《た》つ頃には、街はもうすっかり元どおりになった。

大事にならなくて本当によかったと思う。これも偏《ひとえ》に、月詠《つくよみ》が素早く嗜眠性《しみんせい》脳炎の流行に対処してくれたおかげである。

一連の真相や、綺淡の過去などは、綺翠が目覚めてから少し落ち着いたところで説明した。

綺翠は、言いたいことが色々ありそうな顔で話を聞いていたが、結局最後はすべてを飲み込んで、そう、とだけ呟《つぶや》いた。

確かに現巫女としては、色々と思うところがあるものの、最終的にはすべて〈幽《かくり》世《よ》〉のためだったことがわかって何も言えなくなってしまったのだろう。

月詠に関しても、どうやらただ徒《いたずら》に〈幽世〉に混乱をもたらしているわけではなさそうだ、という推測が立って、一歩前進できたというところだろうか。

具体的に彼女が何を目的として行動しているのかは、相変わらず不明なままだったけれども……それもそう遠くない将来にわかるのかもしれない。

ちなみにこれはまったくの余談だが、朱雀院と釈迦堂をまず起こしたついでに、彼らにも交際の報告をしたら、二人とも化け物でも見るような目で空洞淵を見つめて、それぞれ祝いの言葉を絞り出した。

「……空洞《うろ》の字が決めたことならとやかく言う筋合いはないわな。ひとまずは、おめでとうと言っとくわ。〈幽世〉の中枢に首を突っ込むとなると、色々大変なことが増えてくると思うが、まあ頑張れや。何か困ったら、相談くらいには乗ってやるからよ」

という真っ当な祝いの言葉を投げ掛ける祓魔師《ふつまし》。

「旦那《だんな》にそんな甲斐性《かいしょう》があるなんて思いませんでしたよ。しかし、そうなるといよいよ旦那は〈幽世〉になくてはならない人になりますねぇ。いやはや、早い段階から胡《ご》麻《ま》をすっておいて正解でしたよ。へへっ、今後ともよろしくお願いしますよ、旦那ぁ」

対照的に法師のほうは、猫なで声でそんな言葉を述べてきたのが印象的だった。

いずれにせよ、どうやら自分はよほど大変な決断をしてしまったらしい、ということを改めて思い知る。

無論、後悔しているわけではなかったけれども……今後の街での立ち居振る舞いについてはもう少しきちんとしていかなければならない、と決意を新たにする。

なお、正式に交際を始めたからといって、日常生活に何か変化があるというわけではなかった。

特別に触れあうことが増えたりすることもなく、本当にこれまでどおりの日々が続いていた。気が向いたときに酒を酌《く》み交わす程度だ。

空洞淵自身はそれで十分に幸せだったし、綺翠も同様のようだったので、結局二人にはそれが一番合っていたというだけのことなのだろう。

必要があるのなら、これから少しずつ変わっていけばいい、と思う。


綺翠が目を覚まして一週間も経《た》つ頃には、街もすっかり落ち着きを取り戻しつつあったが、空洞淵はどうしても気になったことがあり独自に調査を進めていた。

もし次に嗜眠性脳炎が流行したら、今度こそ大変なことになってしまう。だから、集められるうちに必要な情報を集めておこうと思ったのだ。

そもそも何故《なぜ》、月詠は嗜眠性脳炎の流行を予期できたのか。〈現世〉でさえ原因がわかっていない疾患を、何故月詠は知り得たのか。

聞き込みを続けた結果、先日にも訪れたあの配置薬を置かせてもらっている家が、もっとも早く眠り病を発症していたことが明らかになった。綺淡の目覚めまえに発症している以上、何らかの原因が別にあった可能性が高い。次の休みに早速綺翠と共に話を聞きに行く。

ここ最近何度か訪れていたこともあり、相手方もすぐにこちらの意図を汲《く》んで詳細な話を聞かせてくれた。

「——家内が寝込む一週間ほどまえの話です。私たち夫婦は、東にある小さな漁村までちょっとした旅行に出掛けていました」

すっかり空洞淵たちにも慣れたように、主人は落ち着いて語った。

「〈賢者の海〉に面した、本当に小さな漁村です。長閑《のどか》で静かないいところでしたよ。魚も美味《おい》しかったですし。ただ、そこで少し気になる話を聞きまして……」

主人は声を落として告げた。

「何でも、その村には人魚の肉を食べて不老不死になった一族がいるとか」

「人魚の肉、ですか」

不審げに綺翠は聞き返した。

人魚の肉と不老不死。

それはまさしく〈国生みの賢者〉金糸雀《カナリヤ》と同様の〈八百比丘尼《やおびくに》伝説〉ではないか。

空洞淵の確認に、主人は曖昧《あいまい》に、はあ、と頷《うなず》く。

「ちょっと噂《うわさ》を小耳に挟んだだけなんで、詳細はわからないんですがね……。何でもここ最近その一族で不審死が相次いでいるとか……。不気味な話でしょう？　それで私たちは、賢者様のお怒りに触れたくないので、早々に旅行を切り上げて極楽街へ戻ってきた次第でして……」

「ちょっと待ってください」空洞淵は思わず割って入った。「人魚の肉を食べたのですよね？　不老不死なのですよね？　それでどうして不審死なんかが起こるんですか？」

主人に問い質《ただ》したところで答えなど返ってこないとわかっていたが、それでも聞き返さずにはいられなかった。

その話は明らかに矛盾している。

予想どおり主人は、さあ、と首を傾《かし》げるばかりだった。

結局それ以上の情報は得られず、空洞淵たちは礼を言って家を出た。

帰る道すがら、綺翠がぽつりと呟く。

「……気になるわね」

「確かに不思議な話だったね。どうして不老不死になったのに、不審死が相次ぐんだろう？」

「それは、不老不死ではなかったからでしょう」いともあっさりと断言する。「それより気になるのは、何故そんな畏《おそ》れ多い噂が立っているのか、ということよ」

「畏れ多い？」

「だってそうでしょう？　八百比丘尼と言えば、〈国生みの賢者〉金糸雀の代名詞のようなものよ。金糸雀を怒らせたら大変なことになる、なんてことは〈幽世〉中の人が知っている。にもかかわらず、金糸雀と同等の存在に関する噂が立つなんて……よほどのことだわ」

言われてみればそのとおりだ。非常に温厚な金糸雀だが、〈幽世〉において彼女は神に近い扱いを受けている。ならばそんな金糸雀に類する存在の噂など不敬以外の何ものでもないだろう。先ほどの主人が恐れていたのもまさにそれだ。

「しかも、その一件をどうやら金糸雀は認知していないようだし……。ということは、これもまた月詠が関与していることになるわね」

綺翠の何気ない言葉にぞくりとした。

月詠が関与している――ならばこれもまた、不穏な騒動の序章なのだろうか。

もしくは……今回の死神騒動の裏には、まだ計り知れない何かがあるのか。

いずれにせよ、その漁村から帰ってきて間もなく奥方が嗜眠性脳炎を発症したのは、偶然とは考えにくい。

ならば、放っておくことはできない。

「……行ってみようか、その漁村へ」

「――捨て置けないものね」綺翠はため息を吐いた。「まったく……ようやく空洞淵くんと少しのんびりできると思ってたのに、もうしばらく先になりそうね」

至極残念そうな綺翠を見て、やはり彼女も空洞淵と過ごす日々を楽しみにしてくれているのだ、とわかり何だか嬉《うれ》しくなった。

「ねえ、綺翠」

「なあに？」

「手、繋《つな》いで帰ろうか」

意外そうに綺翠は僅《わず》かに口を開ける。だが、すぐにそれを緩やかな三日月に変えて、返事の代わりに空洞淵の手を取り腕を絡《から》めてきた。

手のひらから腕に掛けて、互いの温もりを感じながら、いつもより歩調を緩めて神社へ向かって歩いて行く。

だが、そのささやかな幸福の時間は、意外な人物の登場により突如終わりを迎える。

彼らの元へ駆けてきたのは、古式ゆかしいメイド服を纏《まと》った深紅の髪の少女——紅葉《もみじ》だった。

「御巫様……空洞淵様……」

息も絶え絶えに、紅葉は言う。

空洞淵は、普段冷静沈着なこの少女がここまで取り乱しているのを初めて見た。

それだけでただ事ではない何かが起きたのだと直感的に悟る。

紅葉は、肩を動かして荒い呼吸をくり返しながら、それでも泣き出しそうな顔を彼らに向けて、言った。

「御屋形様が……倒れられました」

運命の螺旋《らせん》は、〈終わり〉へ向かって急速に収束を始める——。

参考文献

『傷寒雑病論』小曽戸丈夫編　谷口書店
『神道　古神道　大祓祝詞全集』神道・古神道研究会著　弘道出版
『金匱要略講話』大塚敬節主講：日本漢方医学研究所編　創元社

本書は新潮文庫のために書き下ろされた。

千早茜・遠藤彩見
田中兆子・神田茜
深沢潮・柚木麻子
町田そのこ 著

あなたとなら食べてもいい
―食のある7つの風景―

秘密を抱えた二人の食卓。孤独な者同士が集う居酒屋。駄菓子が教える初恋の味。7人の作家達の競作に舌鼓を打つ絶品アンソロジー。

町田そのこ 著

コンビニ兄弟
―テンダネス門司港こがね村店―

魔性のフェロモンを持つ名物コンビニ店長（と兄）の元には、今日も悩みを抱えた人たちがやってくる。心温まるお仕事小説登場。

武田綾乃 著

君と漕ぐ
―ながとろ高校カヌー部―

初心者の舞奈、体格と実力を備えた恵梨香、上位を目指す希衣、掛け持ちの千帆。カヌー部女子の奮闘を爽やかに描く青春部活小説。

五条紀夫 著

クローズド サスペンスヘブン

俺は、殺された――なのに、ここはどこだ？天国屋敷に辿りついた6人の殺人被害者たち。「全員もう死んでる」特殊設定ミステリ爆誕。

三川みり 著

龍ノ国幻想1 神欺く皇子

皇位を目指す皇子は、実は女！ 一方、その身を偽り生き抜く者たち――命懸けの「嘘」で建国に挑む、男女逆転宮廷ファンタジー。

萩原麻里 著

呪殺島の殺人

目の前に遺体、手にはナイフ。犯人は、僕？――陸の孤島となった屋敷で始まる殺人劇。呪術師一族最後の末裔が、密室の謎に挑む！

イラスト　こより
デザイン　川谷康久（川谷デザイン）

幽世《かくりよ》の薬剤師《やくざいし》4

新潮文庫　こ－74－4

令和五年七月一日発行
令和六年三月二十日三刷

著者　紺《こん》野《の》天《てん》龍《りゅう》
発行者　佐藤隆信
発行所　株式会社新潮社
郵便番号　一六二―八七一一
東京都新宿区矢来町七一
電話　編集部（〇三）三二六六―五四四〇
　　　読者係（〇三）三二六六―五一一一
https://www.shinchosha.co.jp
価格はカバーに表示してあります。

乱丁・落丁本は、ご面倒ですが小社読者係宛ご送付ください。送料小社負担にてお取替えいたします。

印刷・錦明印刷株式会社　製本・錦明印刷株式会社

ISBN978-4-10-180267-1 C0193